ein Ullstein Buch

Weitere Romane von
POUL ANDERSON
in der Reihe der
Ullstein Bücher:

Feind aus dem All (2990)
Die fremden Sterne (3047)

Ullstein Buch Nr. 3149
im Verlag Ullstein GmbH,
Frankfurt/M — Berlin — Wien
Titel der amerikanischen
Originalausgabe:
»War of the Wing-Men«
Übersetzt von Heinz Nagel

Umschlagillustration: ACE
Umschlaggraphik: Ingrid Roehling

Printed in Germany 1975
Gesamtherstellung:
Augsburger Druck- und
Verlagshaus GmbH
ISBN 3 548 03149 8

ULLSTEIN 2000

Poul Anderson

Entscheidung über den Wolken

SCIENCE-FICTION-Roman

Herausgegeben
von Walter Spiegl

1

Großadmiral Syranax hyr Urnan, Erbkommandeur der Flotte von Drak'ho, Fischer der westlichen Meere, Führer im Opfer und beim Orakel des Polarsterns, breitete seine Schwingen aus und schlug sie dann klatschend zusammen. Einen Augenblick schneite es Papier von seinem Schreibtisch.

»Nein!« sagte er. »Unmöglich! Das muß ein Irrtum sein.«

»Wie mein Admiral befiehlt.« Erster Offizier Delp hyr Orikan verbeugte sich spöttisch. »Die Späher haben also nichts gesehen.«

Ärger überzog das Gesicht von Kapitän T'heonax hyr Urnan, Sohn des Großadmirals und Erbe seiner Würde. Seine Oberlippe hob sich, bis die langen Reißzähne sichtbar wurden und weiß vor der schwarzen Schnauze blitzten.

»Wir haben nicht die Zeit dazu, um sie mit Ihrer Unverschämtheit zu vergeuden, Offizier Delp«, sagte er kalt. »Ich würde meinem Vater raten, sich eines Offiziers zu entledigen, der ihm keinen Respekt entgegenbringt.«

Delps hohe Gestalt spannte sich unter den gestickten Gurten seines Amtes. Kapitän T'heonax glitt einen Schritt auf ihn zu. Sie breiteten ihre Schwingen aus, und ihre Schweife krümmten sich in instinktiver Kampfbereitschaft. T'heonax legte wie zufällig die Hand auf das Obsidianmesser an seiner Seite. Delps gelbe Augen blitzten, und seine Finger krampften sich um den Tomahawk.

Admiral Syranax' Schweif schlug auf den Boden wie eine Bombe, die detoniert. Die beiden jungen Adeligen zuckten zusammen, erinnerten sich, wo sie waren und nahmen langsam wieder Haltung an. Man konnte sehen, wie sich ein Muskel nach dem anderen unter dem glatten braunen Pelz entspannte.

»Genug!« schrie Syranax. »Delp, Ihre lose Zunge wird Sie noch in Schwierigkeiten bringen. T'heonax, von deinem Jähzorn habe ich auch genug. Du kannst dich mit deinen persönlichen Feinden raufen, wenn ich bei den Fischen bin. Bis dahin lasse meine wenigen fähigen Offiziere in Ruhe!«

Das waren schärfere Worte, als irgend jemand sie von ihm seit langem gehört hatte. Sein Sohn und sein Untergebener erinnerten sich, daß diese ergraute und rheumatische Kreatur einst die vereinte Seemacht von Maion besiegt hatte — tausend Schwingen feindlicher Offiziere waren damals an die Masten genagelt worden — und auch heute noch ihr oberster Kriegsherr im Kampf gegen die Herde war. Sie gingen beide auf allen vieren in Hab-Acht-Stellung und warteten, bis er fortfuhr.

»Sie dürfen, was ich sage, nicht so wörtlich auffassen, Delp«, fuhr der Admiral etwas gemäßigter fort. Er griff nach dem Gestell über seinem Schreibtisch und nahm eine langstielige Pfeife, die er mit getrocknetem Seetang aus einem Beutel an seinem Gürtel füllte. Er machte es sich auf seinem mit Leder überzogenen Sessel bequem. »Ich war natürlich sehr überrascht, aber ich denke doch, daß unsere Späher wissen, wie man mit einem Fernrohr umgeht. Schildern Sie mir noch einmal, was geschehen ist.«

»Eine Patrouille war auf einem routinemäßigen Streifenflug, etwa dreißig Obdisai nordnordwestlich von hier«, sagte Delp bedächtig. »Das wäre also in der allgemeinen Richtung der Insel ... ich kann diesen heidnischen Namen nicht aussprechen, Sir; wir nennen sie die Flaggeninsel.«

»Ja, ja«, nickte Syranax. »Ich habe mir auch schon mal eine Landkarte angesehen.«

T'heonax grinste. Delp war kein Höfling, und das war ein großer Nachteil. Sein Großvater war ein einfacher Segelmacher gewesen, und sein Vater hatte es nie weiter als bis zum Kapitän eines Floßes gebracht. Und auch das natürlich erst, nachdem die Familie für heroische Dienste in der Schlacht von Xarit'ha in den Adelsstand erhoben worden war. Aber sie war trotzdem niederer Adel geblieben, dem der Teer immer noch an den Händen klebte und der kaum eine Stufe über der Mannschaft stand.

Syranax hatte seine Offiziere nur nach ihrer Fähigkeit ausgewählt und nach sonst gar nichts. So war es gekommen, daß der einfache Delp hyr Orikan innerhalb weniger Jahre den zweithöchsten Posten in Drak'ho bekommen hatte. Sein kometenhafter Aufstieg hatte aber die Lücken in seiner Erziehung nicht ausgefüllt und hatte ihn auch nicht gelehrt, wie man mit wirklichen Adeligen umging.

Wenn Delp bei den gewöhnlichen Seeleuten populär war, dann konnte man von seiner Beliebtheit bei vielen Aristokraten genau das Gegenteil behaupten. Für sie war er immer noch ein Parvenu, ein Bauer, der es gewagt hatte, eine Axollon zu heiraten! Wenn die schützenden Schwingen des alten Admirals einmal im Tode gefaltet waren ...

T'heonax freute sich schon jetzt auf das Schicksal, das Delp hyr Orikan eines Tages ereilen würde. Es würde nicht schwer sein, irgendeine Anschuldigung zu finden.

Der erste Offizier schluckte. »Tut mir leid, Sir«, murmelte er. »Ich wollte damit nicht sagen . . . ich meine, dieses ganze Meer ist uns noch neu. Die Späher haben das Treibgut gesehen. Es sah aus wie . . . nun, keiner von ihnen hatte bisher etwas Ähnliches gesehen. Ein paar von ihnen flogen zurück, um Meldung zu erstatten und um zu fragen, was sie tun sollten. Ich habe selbst nachgesehen. Sir, es ist wahr, was sie berichtet haben.«

»Ein schwimmender Gegenstand, sechsmal so lang wie unser längstes Kanu, wie Eis und doch nicht wie Eis.« Der Admiral schüttelte sein ergrautes Haupt. Er legte bedächtig Zunder auf den Boden seines Feuerzeugs; aber als er den Kolben in den kleinen Hartholzzylinder trieb, tat er das mit unnötiger Wucht. Dann zog er ihn wieder heraus und hielt die Flamme an seine Pfeife. Er tat einen tiefen Zug.

»Polierter Felskristall könnte etwa so aussehen, Sir«, meinte Delp. »Aber nicht so hell, nicht so glänzend.«

»Und auf diesem Gegenstand treiben sich Tiere herum?«

»Drei, Sir. Etwa so groß wie wir, jedoch ohne Schwingen und ohne Schweif. Aber nicht einfach Tiere . . . glaube ich. Mir schien, als trügen sie Kleidung und — ich glaube nicht, daß dieses glänzende Ding als Boot gedacht war. Es schwimmt schlecht, und mir schien, als würde es bald sinken.«

Wenn es kein Boot ist und kein Baum, den das Meer von irgendeiner Küste weggeschwemmt hat«, sagte T'heonax, »dann sagen Sie mir doch bitte, woher es kommt. Aus der Tiefe?«

»Kaum, Kapitän«, sagte Delp gereizt. »Wenn das der Fall wäre, dann wären die Kreaturen auf ihm Fische oder Säugetiere aus dem Meer oder . . . nun jedenfalls Wesen, die zum Schwimmen geboren sind. Das sind sie aber nicht. Sie sehen wie typische schwingenlose Landbewohner aus, nur daß sie bloß vier Gliedmaßen haben.«

»Dann sind sie wohl vom Himmel gefallen?« höhnte T'heonax.

»Das würde mich gar nicht wundern«, sagte Delp mit sehr leiser Stimme. »Eine andere Richtung gibt es nämlich gar nicht mehr.«

T'heonax blieb der Mund offen. Aber sein Vater nickte nur.

»Sehr gut«, murmelte Syranax. »Es freut mich, daß es wenigstens noch ein paar Leute hier gibt, die ein wenig Phantasie haben.«

»Aber woher sind sie gekommen?« platzte T'heonax heraus.

»Vielleicht wissen unsere Feinde aus Lannach mehr darüber«, sagte der Admiral. »Sie sehen jedes Jahr ein gutes Stück mehr von der Welt als wir in vielen Generationen, und sie treffen hundert andere barbarische Herden dort unten in den Tropen, von denen sie Neuigkeiten erfahren.«

»Und Frauen«, sagte T'heonax. Er sagte es mit der mißbilligenden Stimme, mit der man gewöhnlich in der ganzen Flotte die Bräuche der Wanderer abtat.

»Das hat doch damit nichts zu tun«, fuhr ihn Delp an.

T'heonax reckte sich auf. »Du Sohn eines Deckwäschers, willst du es wagen —«

»Ruhe!« brüllte Syranax. Nach einer kurzen Pause fuhr er fort: »Ich werde unsere Gefangenen speziell nach diesem Punkt ausfragen lassen. In der Zwischenzeit schicken wir wohl am besten ein schnelles Kanu, um sie aufzunehmen, bevor der Gegenstand, auf dem sie sind, sinkt.«

»Das kann gefährlich sein«, warnte T'heonax.

»Ganz richtig«, sagte sein Vater. »Aber gerade wenn dem so ist, sind sie mir lieber in unseren Händen, als daß, sagen wir, die Lannach'honai sie finden und einen Verbündeten gewinnen. Delp, nehmen Sie die Nemmis und ein paar verläßliche Leute und holen Sie sie. Und bringen Sie den Burschen mit, den wir in Lannach gefangengenommen haben. Wie hieß er doch, der Dolmetscher —?«

»Tolk?« der erste Offizier brachte den fremden Namen nur mit Schwierigkeiten über seine Lippen.

»Ja. Vielleicht kann er sich ihnen verständlich machen. Schicken Sie Boten zurück, die mir Bericht erstatten, aber bleiben Sie selbst in einigem Abstand von der Hauptflotte, bis Sie sicher sind, daß die Kreaturen harmlos sind und bis ich mit dem Aberglauben von Seedämonen aufgeräumt habe, den es bei der Mannschaft vielleicht noch gibt. Seien Sie höflich, wenn Sie können, aber bestimmt, wenn es sein muß. Wir können uns nachher entschuldigen . . . oder die Leichen über Bord werfen. Und jetzt los!«

Delp ging.

2

Um ihn war nichts als Einöde.

Selbst von diesem niedrigen Punkt aus, auf dem rollenden und stampfenden Rumpf des abgestürzten Raumschiffes, konnte Eric Wace den unendlichen Horizont überblicken. Allein die Größe dieses Ringes, wo ein frostblasser Himmel sich mit dem Grau der Wolken und der Wellen vermischte, war genug, um einem Menschen Furcht und Schrecken einzujagen. Viele seiner Vorfahren hatten auf der Erde dem Tod in die Augen geschaut, aber der Horizont der Erde war nicht so fern.

Daß er etwa hundert Lichtjahre von seiner Heimatsonne entfernt war, machte nichts aus. Solche Entfernungen waren zu groß, um verstanden zu werden; das waren nur Zahlen und konnten einem Mann, der die Geschwindigkeit eines Raumschiffes im Flug zweiter Ordnung in Parsek pro Woche rechnete, nicht erschüttern.

Auch die 10 000 Kilometer offenen Ozeans, die zwischen ihm und der einzigen menschlichen Ansiedlung auf diesem Planeten, dem Handelsposten, lagen, waren nur eine Zahl. Später, wenn er den Augenblick überlebte, würde Wace sich damit befassen, einen Bericht über diese Leere zu senden; im Augenblick war er zu sehr damit beschäftigt, am Leben zu bleiben.

Aber die Weite des Planeten war etwas, was er sehen konnte. Das war ihm früher, in den achtzehn Monaten, die er nun schon hier war, nicht zu Bewußtsein gekommen, aber damals war er isoliert gewesen, und zwar psychologisch ebensosehr wie physisch, isoliert durch eine mechanisierte Zivilisation, die nicht zu besiegen war. Jetzt stand er allein auf einem sinkenden Schiff, und von hier bis zu den Wogen am Rande der Welt war es genau doppelt so weit wie auf der Erde.

Das Raumschiff rollte, als es eine schwere Woge traf, Wace verlor den Halt und glitt auf dem glatten Boden aus. Er griff nach dem leichten Kabel, mit dem er einige Kisten mit Nahrungsmitteln an die Außenseite des Navigationsturmes gebunden hatte, und zog sich daran empor. Wenn er hinunterfiel, würden ihn seine Stiefel und seine Kleidung wie einen Stein auf den Grund des Meeres ziehen. Nun hatte er wieder sicher Fuß gefaßt. Die Welle schlug ihm wie mit einer feuchten, salzigen Hand ins Gesicht.

Vor Kälte zitternd band Wace schließlich die letzte Kiste fest und kroch dann zum Schleusentor zurück. Es war nur eine kleine Notschleuse, aber das verglaste Promenadendeck, auf dem die Passagiere lustwandeln konnten, während der Kreuzer von seinen Gravitationsstrahlen durch die Lüfte getragen wurde, lag unter Wasser, und so war das Eingangsportal nicht zugänglich.

Das Wasser war auch in den Maschinenraum eingedrungen, als sie ins Meer gestürzt waren, und seitdem flutete es durch die gebrochenen Schotts und die überbeanspruchten Deckplatten. Es würde nicht mehr lange dauern, und das ganze Schiff würde wie ein vollgesogener Schwamm auf den Grund des Meeres sinken.

Der Wind strich ihm mit kalten Fingern durch das Haar und wollte die Luke offenhalten, die Wace zu schließen versuchte. Er mußte mit dem Orkan kämpfen. Orkan? Zur Hölle, nein! Er hatte nur die Geschwindigkeit einer steifen Brise, aber mit dem sechsfachen atmosphärischen Druck dahinter traf diese Brise wie ein irdischer Sturm auf. PLC 2987165 II sollte verdammt sein! Die PL selbst sollte der Teufel holen und Nicholas van Rijn auch, und ganz besonders Eric Wace, weil er dumm genug gewesen war, für die Company zu arbeiten!

Während er mit dem Wind um die Luke kämpfte, blickte Wace über die schäumenden Wogen hinaus, als wolle er Hilfe suchen. Aber er sah nur eine rötliche Sonne und riesige Wolkenbänke, Wolke, die grau von Feuchtigkeit waren, und ein paar kleine Punkte; wahrscheinlich Eingeborene.

Der Satan sollte diese Eingeborenen auf dem Rost braten, weil sie nicht zu Hilfe kamen! Oder sie hätten wenigstens so viel Anstand besitzen und wegfliegen können, während die Menschen absoffen, statt am Himmel zu hängen und zu feixen!

»Ist alles in Ordnung?«

Wace schloß die Luke, sicherte sie und kletterte die Leiter hinunter. Unten mußte er sich wieder festhalten, um von dem Rollen des Schiffes nicht umgeworfen zu werden. Er konnte immer noch hören, wie die Wogen gegen die Wände donnerten und der Wind sein Lied heulte.

»Ja, Mylady«, sagte er, »Könnte nicht besser sein.«

»Das ist in diesem Fall wohl nicht viel, wie?« Lady Sandra Tamarin richtete ihre Taschenlampe auf ihn. Hinter dem Lichtbalken war sie nur ein Schatten im Dunkel des toten Schiffes. »Aber Sie sehen wie eine ertränkte Ratte aus, mein Freund. Kommen Sie, wir haben wenigstens frische Kleidung für Sie.«

Wace nickte, zog seine feuchte Jacke aus und stieß die vollgesogenen Stiefel in eine Ecke. Er wäre dort oben erfroren, wenn er sie nicht gehabt hätte. Seine Zähne klapperten, als er ihr in dem engen Korridor folgte.

Er war ein großer junger Mann von nordamerikanischer Abstammung, mit rötlichem Haar und blauen Augen, einem gutgeschnittenen Gesicht und einem muskulösen Körper. Er hatte seine Karriere als Lehrling in einem Warenhaus auf der Erde begonnen, und heute war er Repräsentant der Solar Spice & Liquor Company für den ganzen Planeten Diomedes. Das war nicht gerade ein kometenhafter Aufstieg; van Rijn war es gewohnt, seine Leute nach ihren Erfolgen zu befördern. Das bedeutet also, daß ein beweglicher Verstand und eine flinke Hand mit der Waffe den Ausschlag gaben. Aber immerhin war es eine gute, solide Karriere gewesen, mit der Aussicht auf Versetzung auf weniger isolierten und angenehmeren Planeten und schließlich auf eine Bürotätigkeit irgendwo zu Hause, aber was hatte das alles für einen Sinn, wenn das Meer eines fremden Planeten ihn in wenigen Stunden verschlingen würde?

Am Ende des Ganges, wo der Navigationsturm aufragte, schimmerte das kupferrote Sonnenlicht am düsteren, feindlichen Himmel. Lady Sandra schaltete ihre Lampe aus und deutete auf eine Kombination auf dem Tisch. Daneben lagen die anderen Kleidungsstücke, eine abgesteppte Jacke mit Kapuze und dicke Handschuhe, die er brauchen würde, falls er wieder in das Frühlingswetter hinausgehen sollte. »Ziehen Sie alles an«, sagte sie. »Wenn das Schiff einmal zu sinken anfängt, werden wir es in ziemlicher Eile verlassen müssen.«

»Wo ist Freier van Rjin?« fragte Wace.

»Er arbeitet noch am Floß. Er kann gut mit Werkzeugen umgehen, nicht? Nun, er war ja schließlich früher gewöhnlicher Raummatrose.«

Wace zuckte die Achseln und wartete, daß sie ging.

»Sie sollen sich doch umziehen«, sagte sie.

»Aber —«

»Ach so.« Ein dünnes Lächeln huschte über ihr Gesicht. »Ich dachte immer, auf der Erde gibt es dieses Tabu nicht mehr.«

»Nun . . . eigentlich nicht, Mylady. Aber schließlich sind Sie von adeliger Abkunft, und ich bin nur ein Kauffahrer.«

»Von republikanisch regierten Planeten wie der Erde kommen die schlimmsten Snobs«, sagte sie. »Hier sind wir alle Menschen. Schnell, ziehen Sie sich um. Wenn Sie wollen, drehe ich mich um.«

Wace wechselte die Kleidung. Ihre Fröhlichkeit war erfrischend. Dieser alte, fette Ziegenbock van Rjin hatte doch immer Glück! Das war nicht richtig so!

Die Kolonisten von Hermes waren blond und blauäugig gewesen, und ihre Nachkommen, besonders die Aristokraten, sahen heute noch ganz genauso aus, nachdem auf Hermes während des Zusammenbruchs ein autonomes Großherzogtum entstanden war. Lady Sandra Tamarin war fast genauso groß wie er, und die dicke Winderkleidung konnte ihre weibliche Figur nicht verbergen. Ihr Gesicht war etwas zu streng, um hübsch genannt zu werden: eine breite Stirn, ein breiter Mund, kleine Nase und hohe Backenknochen; aber die großen, grünen Augen mit den langen Wimpern unter dunklen Augenbrauen waren die schönsten, die Wace je gesehen hatte. Ihr Haar war lang und aschblond. Im Augenblick hatte sie es zu einem Knoten zusammengebunden, aber er hatte es auch schon unter einer Krone lose im Kerzenschein glänzen sehen.

»Sind Sie fertig, Freier Wace?«

»Oh . . . entschuldigen Sie, Mylady. Ich habe gerade nachgedacht. Einen Augenblick noch!«

Er zog die gesteppte Jacke an, schloß den Reißverschluß aber nicht. Im Schiff war es immer noch warm genug. »So, jetzt.«

»Gut.« Sie drehte sich um. In dem engen Raum berührten sie sich. Ihr Blick wanderte hinaus zum Himmel. »Diese Eingeborenen, sind sie immer noch dort oben?«

»Ich glaube schon, Mylady. Zu hoch, um es mit Bestimmtheit zu sagen, aber sie können ohne Schwierigkeiten ein paar Kilometer hoch steigen.«

»Ich habe mir das schon oft überlegt, Wace, aber ich hatte bisher keine Gelegenheit zu fragen. Ich dachte immer, es gäbe kein fliegendes Tier, das so groß ist wie der Mensch, und doch haben diese Diomedaner Fledermausflügel mit sechs Metern Spannweite. Wie kommt das?«

»Das fragen Sie jetzt?«

Sie lächelte. »Wir warten auf Freier van Rjin. Was sollen wir sonst tun, als von interessanten Dingen reden?«

»Wir . . . helfen ihm . . . das Floß fertigzumachen, oder wir gehen alle unter!«

»Er hat nur Batterien für einen Schneidbrenner, jeder andere wäre ihm also im Weg. Bitte, reden Sie weiter. Wir Adeligen von Hermes haben auch unsere Sitten und Bräuche — auch beim Sterben. Was ist denn der Mensch anderes als eine Ansammlung von Sitten und Gebräuchen?« Ihre Stimme klang unbeschwert, und sie lächelte ein wenig, aber er fragte sich, wieviel davon gespielt war.

Zum Teufel mit dieser Schauspielerei! wollte er sagen. Wir schwimmen auf dem Ozean eines Planeten, dessen Leben Gift für uns ist. Ein paar Dutzend Kilometer von hier ist eine Insel, aber wir wissen die Richtung nicht genau. Vielleicht schaffen wir es rechtzeitig, aus alten Treibstoffbehältern ein Floß zusammenzuflicken, vielleicht aber auch nicht. Vielleicht gelingt es uns, unsere Nahrungsmittel an Bord des Floßes zu laden, oder auch nicht. Vielleicht überstehen wir den Sturm, der sich im Norden zusammenbraut, vielleicht auch nicht. Das waren Eingeborene, die da vor ein paar Stunden am Himmel erschienen sind, aber seit der Zeit haben sie uns ignoriert — oder uns beobachtet —, uns aber jedenfalls keine Hilfe angeboten.

Irgend jemand haßt Sie oder den alten van Rjin, wollte er sagen. Nicht mich, ich bin nicht wichtig genug, um gehaßt zu werden. Aber van Rjin repräsentiert die Solar Spice & Liquor Company, und das ist eine große Macht in der Polesotechnischen Liga, und die wiederum ist die Großmacht in der bekannten Galaxis, und Sie sind Lady Sandra Tamarin, Thronerbin eines ganzen Planeten — wenn Sie das hier überleben —, und Sie haben schon viele Heiratsangebote aus der dekadenten Aristokratie Ihres Planeten abgelehnt und in aller Öffentlichkeit verkündet, Sie zögen es vor, anderswo nach einem Vater Ihrer Kinder zu suchen, damit der nächste Großherzog von Hermes ein Mann sei und kein kichernder Schwachkopf. Und viele Höflinge werden Angst haben vor dem Augenblick, an dem Sie den Thron besteigen.

O ja, wollte er sagen, es gibt viele Leute, die sich freuen würden, wenn Nicholas van Rjin oder Sandra Tamarin nicht wieder zurückkehrten. Nach außen hin sah es ganz harmlos aus, als er ihnen auf Antares, wo sie ihn kennengelernt hatten, anbot, sie auf seinem Schiff zur Erde mitzunehmen. Irgendeiner von der Besatzung des Raumschiffes war bestochen worden. Der Plan war gut ausgedacht, denn dieser Jemand wartete geduldig auf seine Chance.

Und sie kam, als Sie auf Diomedes Zwischenlandung machten, um einen Planeten kennenzulernen, der sich noch im allerersten Stadium befand, einen Planeten, wo noch nicht einmal die Küsten der Kontinente ganz erforscht waren, während der fünf Jahre, seit eine Handvoll Männer auf ihm gelandet war. Die Chance kam, als man mir befahl, Sie und meinem alten Chef in dieses Gebirge zu fliegen, ans andere Ende dieser Welt, in diese Berge, die als landschaftlich schön bekannt sind. Eine Bombe im Atomgenerator ... die Mannschaft tot, die Ingenieure und die Stewards bei der Explosion getötet, mein Co-Pilot umgekommen beim Sturz ins Meer, das Funkgerät demoliert. Und was noch übrig ist, wird sinken, lange bevor man in Thursday Landing sich um uns Gedanken zu machen und ein Rettungsschiff schicken wird. Und selbst wenn wir überleben, besteht dann vielleicht die geringste Chance, daß ein paar Flugzeuge, die eine kartographisch nicht erfaßte Welt von der doppelten Größe der Erde absuchen, drei Menschen finden, die auf dem Meer treiben?

Deshalb, wollte er sagen, und da uns alle unsere Versuche nicht weitergebracht haben, wäre es doch besser, sie in der kurzen noch zur Verfügung stehenden Zeit zu vergessen und mich zu küssen.

Aber seine Zunge war wie gelähmt, und er sagte nichts von all dem.

»So!« Ihre Stimme klang etwas ungeduldig. »Sie sind sehr schweigsam, Freier Wace.«

»Tut mir leid, Mylady«, murmelte er. »Ich fürchte, ich kann nicht besonders gut Konversation machen ... wenigstens nicht unter diesen Umständen.«

»Es tut mir leid, daß ich Ihnen nicht die Tröstungen der Religion anbieten kann«, meinte sie mit beißender Verachtung in ihrer Stimme.

Ein Brecher rollte draußen über das Deck und leckte am Turm hoch. Sie spürten, wie Stahl und Kunststoff unter dem Anprall erbebten. Einen Augenblick standen sie in tosender Dunkelheit.

Dann lief das Wasser von den Sichtscheiben herunter, und es wurde wieder hell. Wace sah, um wieviel tiefer das Wrack gesunken war, und fragte sich, ob es ihnen überhaupt gelingen würde, van Rijns Floß durch die unter der Wasserfläche liegende Ladeluke hinauszuschaffen. Und dann fiel ihm plötzlich ein weißer Fleck auf.

Zuerst glaubte er es nicht, dann wollte er es nicht glauben, weil er es nicht wagte, und schließlich konnte er es nicht mehr länger leugnen.

»Lady Sandra.« Seine Stimme war beherrscht. Er durfte die Neuigkeit nicht hinausbrüllen.

»Ja?« Sie wandte ihren Blick nicht von dem nördlichen Horizont, an dem nichts anderes als Wolken und Blitze zu sehen waren.

»Dort, Mylady. Etwas nach Südost, denke ich . . . Segel, die im Wind flattern.«

»Was?« schrie sie. Wace mußte laut lachen.

»Ein Schiff. Es nähert sich uns.«

»Ich wußte nicht, daß die Eingeborenen Seefahrer sind«, sagte sie ganz leise.

»Das sind sie auch nicht, Mylady . . . in Thursday Landing. Aber dieser Planet ist groß, und wir kennen nur einen verschwindend geringen Bruchteil eines einzigen Kontinents.«

»Dann wissen Sie nicht, wer diese Seefahrer sein können?«

»Mylady, ich habe keine Ahnung.«

3

Nicholas van Rijn keuchte die Treppe herauf, als er sie rufen hörte. »Tod und Teufel!« brüllte er. »Ein Boot sagen Sie? Besser für euch, wenn es ein Hai ist, falls ihr euch irrt. Verdammt!« Er stampfte in den Turm und spähte durch das salzverkrustete Kunstglasfenster. Das Licht wurde immer schwächer, als die Sonne tiefer sank und die näherkommenden Sturmwolken über die kupferfarbene Scheibe zogen. »So! Wo ist es nun, dieses verdammte Boot?«

»Dort, Sir«, sagte Wace. »Dieser Schoner —«

»Schoner! Heiliges Kanonenrohr, du Dummkopf, das ist eine Jolle . . . nein, zum Teufel, da ist ein viereckiges Segel auf dem Hauptmast und . . . ja wirklich, ein Ausleger. So wie es von hier aussieht, muß sie ein Steuerruder haben. Alle Heiligen sollen mir beistehen! Aber jetzt schnell trockene Kleidung, es ist verdammt kalt hier, und ich will mir nicht den Tod holen.«

Wace bemerkte, daß van Rijn in einer Pfütze stand und ihm Meerwasser aus den Hosen lief. Der Lagerraum, in dem er gearbeitet hatte, mußte unter Wasser stehen — schon seit Stunden!

»Ich weiß, wo sie sind, Nicholas.« Sandra eilte den Korridor hinunter. Er neigte sich immer stärker, je mehr Wasser durch das Heck eindrang.

Wace half dem Chef, den triefenden Overall auszuziehen. Nackt erinnerte van Rijn an einen Gorilla, zwei Meter groß, haarig und fett, mit Schultern wie ein Kleiderschrank und einer lauten Stimme, die in einem fort brüllte, wie kalt es war und wie dumm seine Helfer seien. Aber an seinen dicken Fingern blitzten Ringe und an seinen Armen goldene Bänder, und von seinem Hals baumelte eine kleine St. Dismas-Medaille. Im Gegensatz zu Wace, der einen Bürstenhaarschnitt und eine glatte Rasur für zweckmäßig hielt, trug van Rijn seine schwarzen Locken lang und nach der letzten Mode gekräuselt und parfümiert. Auf seinem Dreifachkinn behauptete sich ein kleiner Van-Dyke-Bart, und unter der riesigen Hakennase hing ein martialischer Schnurrbart.

Er wühlte in einem Wandkabinett, bis er endlich eine Flasche Rum gefunden hatte. »Ahhh! Ich wußte doch, daß ich das verdammte Ding hier irgendwo verstaut habe.« Er führte sie zum Munde und nahm einen tiefen Schluck. »Gut! Schön! Jetzt sind wir wieder Menschen mit Selbstachtung.«

Er drehte sich um, kugelförmig und majestätisch wie ein Planet, als Sandra zurückkam. Die einzigen Kleidungsstücke, die sie finden konnte, bei denen man bestimmt wußte, daß sie ihm passen würden, waren seine eigenen: ein Anzug, bestehend aus einem gestärkten Spitzenhemd, einer bestickten Weste, glänzenden Seidenhosen und Strümpfen, vergoldeten Schuhen, einem Hut mit einer riesigen Feder und einer Strahlpistole im Halfter. »Danke schön«, sagte er kurz. »Und nun, Wace, während ich mich anziehe, holen Sie doch bitte aus dem Speisesaal eine Schachtel Perfectos und eine kleine Flasche Himbeergeist. Dann gehen wir hinaus und begrüßen unsere Gastgeber.«

»Beim heiligen Sankt Peter!« schrie Wace. »Der Speisesaal steht unter Wasser!«

»Ah?« Van Rijn seufzte. »Dann brauchen Sie nur den Himbeergeist zu holen. Schnell jetzt!«

Wace sagte hastig: »Nein, Sir, dazu habe ich jetzt keine Zeit. Ich muß zuerst unsere letzte Munition zusammensuchen. Vielleicht sind uns die Eingeborenen feindlich gesinnt.«

»Ja, wahrscheinlich, wenn sie schon etwas von uns gehört haben«, gab van Rijn ihm recht. Er zog seine rohseidene Unterwäsche an. »Brrr! Fünftausend Kerzen würde ich darum geben, wenn ich jetzt in meinem Büro in Amsterdam wäre!«

»Welchem Heiligen weihen Sie denn diese Kerzen?« fragte Lady Sandra.

»Dem heiligen Nikolas natürlich, meinem Namenspatron, dem Beschützer der Wanderer und —«

»Geben Sie's ihm lieber schriftlich«, sagte sie.

Van Rijn lief rot an, aber man widerspricht der Thronerbin eines Planeten mit wichtigen Handelsprodukten nicht. So brüllte er nur Wace einige Verwünschungen nach.

Es dauerte einige Zeit, bis sie draußen waren. Van Rijn blieb in der Notluke stecken und mußte geschoben werden. Die Flüche, die er dabei von sich gab, übertönten sogar den immer näher kommenden Donner. Diomedes hatte nur eine Rotationsperiode von zwölfeinhalb Stunden, und diese Breite, nämlich dreißig Grad nördlich, befand sich noch auf der Winterseite des Aequinoktiums, also raste die Sonne mit ziemlicher Geschwindigkeit seewärts. Sie klammerten sich an die Seile und ließen sich vom Wind hin und her schütteln und von den Wogen schlagen. Sie konnten nichts tun als warten.

»Das ist kein Ort für einen armen, alten, fetten Mann«, jammerte van Rijn. Der Orkan riß ihm die Worte von den Lippen und schleuderte sie über die aufgewühlte See hinaus. Seine schulterlangen Locken flatterten wie zerfetzte Banner im Wind. »Es wäre besser gewesen, ich wäre zu Hause in Holland geblieben, wo es warm ist, anstatt meine letzten paar armseligen Jahre hier draußen zu verlieren.«

Wace spähte in das Dunkel hinaus. Das Boot war näher gekommen. Selbst eine Landratte wie er mußte die Geschicklichkeit der Mannschaft bewundern, und van Rijn war nicht zurückhaltend mit seinen Lobpreisungen. »Ich werde ihn beim Sunda-Jacht-Club für die nächste Regatta anmelden und auf ihn wetten, oder der leibhaftige Teufel soll mich holen.«

Das Boot war groß, mehr als dreißig Meter lang, und hatte einen sorgfältig geschnitzten Vordersteven, und doch erschien es durch die riesige Ausdehnung der blauen Segel klein. Ausleger oder nicht, Wace dachte, es müsse jeden Augenblick kentern. Natürlich, eine fliegende Spezies würde sich darüber weniger Sorgen machen als —

»Diese Diomedaner.« Sandras Stimme klang ruhig, aber sie

sprach ganz nahe an seinem Ohr, um das Heulen des Windes und das Tosen der Wellen zu übertönen. »Sie kennen sie doch seit eineinhalb Jahren, nicht? Was haben wir von ihnen zu erwarten?«

Wace zuckte mit den Schultern. »Was könnten wir von irgendeinem Stamm von Menschen aus der Steinzeit erwarten? Sie könnten Dichter sein oder Kannibalen oder beides zugleich. Alles, was ich kenne, ist die Tyrlanische Herde, und das sind nomadische Jäger. Sie halten sich immer an den Buchstaben ihrer Gesetze, wenn sie sie auch ziemlich großzügig auslegen, aber im großen und ganzen sind sie recht anständig.«

»Sprechen Sie ihre Sprache?«

»So gut es mir meine menschliche Zunge und die technoterrestrische Kultur erlauben, Mylady. Ich will nicht behaupten, daß ich alle ihre Begriffe verstehe, aber wir kommen ganz gut zurecht.« Das Wrack schlingerte. Er hörte, wie eine Wand brach und noch mehr Wasser eindrang. Zugleich spürte er, wie das Schiff wieder einige Zentimeter tiefer sank. Sandra taumelte auf ihn zu. Er sah, wie die Gischt an ihren Brauen festfror.

»Das soll nicht heißen, daß ich die hiesige Sprache spreche«, fuhr er fort. »Wir sind weiter von Tyrlan entfernt als Europa von China.«

Das Kanu war nun fast bei ihnen angekommen. Auch nicht zu früh, denn das Wrack würde nun jede Minute sinken. Es machte eine leichte Wendung, die Segel knatterten, ein Anker wurde ausgeworfen, und kräftige Arme tauchten die Paddel ins Meer. Dann flatterte ein Diomedaner mit einem Seil zu ihnen herüber. Zwei andere schwebten um ihn herum, offenbar als Wächter. Der erste landete und starrte die beiden Menschen an.

Da Tyrlan weiter nördlich lag, waren seine Einwohner noch nicht aus den Tropen zurückgekehrt, und so war dies der erste Diomedaner, den Sandra sah. Sie war zu naß und zu müde und fror zu sehr, um sich an der fremdartigen Grazie seiner Bewegungen zu erfreuen, aber sie musterte ihn dennoch sehr genau. Vielleicht war sie gezwungen, sehr lange Zeit mit dieser Rasse zusammenzuleben, wenn sie sie nicht umbrachten.

Er war — gemessen an menschlichen Größenmaßstäben — sehr klein und hatte einen dicken, etwa einen Meter langen Schweif, der in einer fleischigen Steuerflosse endete. Auf dem Rücken waren die riesigen Chiropterenflügel gefaltet. Die Arme befanden sich unter den Schwingen, etwa in der Mitte des schlanken, otterähnlichen Leibes, und sahen mit ihren muskulösen fünffingerigen Händen erstaunlich menschlich aus. Die Beine erinnerten weniger an den Menschen, sie krümmten sich nach hinten und endeten in Füßen mit vier Krallen, die eher irgendeinem Raubvogel gehören könnten. Der Kopf saß auf einem Hals, der für einen Menschen um die Hälfte zu lang gewesen wäre, und war rund, mit einer hohen Stirn und gelben Augen mit Nickhäuten unter dichten, tiefliegenden Brauen, einem Gesicht mit einer kurzen Schnauze, einer schwarzen Nase und einem kurzen Katzenbart, sowie einem großen Mund mit bärenartigen Zähnen eines Fleischfressers, der dazu übergegangen ist, alles als Nahrung zu betrachten. Es gab keine äußeren Ohrmuscheln, aber ein Muskelkamm auf dem Kopf half mit, die Flugrichtung beizubehalten. Er war am ganzen Körper mit weichem, braunem Fell bedeckt und war ganz offensichtlich ein männliches Säugetier.

Er trug zwei Gurte, die um seine »Schultern« geschlungen waren, einen dritten um seine Hüfte, und daran ein paar dicker Lederbeutel. Ein Obsidianmesser, eine kleine Feuersteinaxt und ein Satz Bolas hingen daran. Durch die immer dichter werdende Dämmerung war es schwer festzustellen, welche Waffen seine Kameraden trugen — man sah nur etwas Langes, Dünnes, aber sicherlich kein Gewehr, denn das konnte es auf diesem Planeten ohne Kupfer und Eisen ja nicht geben.

Wace beugte sich vor und mühte sich mit den kehligen Silben der tyrlanischen Sprache ab. »Wir . . . sind . . . Freunde. Könnt . . . ihr mich . . . verstehen?«

Eine Kette völlig unverständlicher Worte war die Antwort. Er zuckte bedauernd mit den Schultern und spreizte die Hände. Der Diomedaner schritt über die Deckplanken, zweibeinig, den Körper etwas vorgebeugt und mit den Schwingen und dem Schweif balancierend. Er fand den Vorsprung, an dem die Menschen ihre Seile angebracht hatten, und band sein eigenes Seil dort an.

»Ein Kreuzknoten«, sagte van Rijn fast ruhig. »Da bekomme ich Heimweh.«

Am anderen Ende des Seiles begannen sie das Kanu näherzuziehen. Der Diomedaner wandte sich zu Wace und deutete auf sein Schiff. Wace nickte, überlegte sich dann, daß diese Geste hier sicherlich nicht verstanden wurde, und machte einen vorsichtigen

Schritt in diese Richtung. Der Diomedaner fing ein anderes Seil auf, das man ihm zuwarf. Er deutete darauf, dann auf die Menschen und machte auch einige Gesten.

»Ich verstehe«, sagte van Rijn. »Näher wagen sie sich nicht heran. Sie befürchten, daß ihr Boot gegen das unsere geschleudert werden könnte. Wir sollen uns dieses Seil um den Bauch binden, und sie ziehen uns hinüber. Heiliger Christophorus, was die mit einem armen alten Mann vorhaben!«

»Und was wird aus unseren Lebensmitteln?« fragte Wace.

Das Raumschiff schlingerte wieder und sank tiefer. Der Diomedaner zuckte zusammen.

»Nein, nein!« schrie van Rijn. Er glaubte anscheinend, daß er die Sprachbarriere durchdringen könne, wenn er nur laut genug schrie. Seine Arme fuchtelten wie Windmühlenflügel. »Niemals! Versteht ihr denn nicht, ihr Schafsköpfe? Lieber saufe ich in eurem dreimal verdammten Meer hier ab, als daß ich euer Essen probiere. Wir sterben! Magenschmerzen! Selbstmord!« Er deutete auf seinen Mund, schlug sich auf den Bauch und deutete auf die Lebensmittelkisten.

Wace überlegte, daß die Entwicklung der Lebensformen wirklich zu flexibel war. Hier war also ein Planet mit Sauerstoff, Stickstoff, Wasserstoff, Kohlenstoff, Schwefel, einer auf Proteinen aufgebauten Biochemie mit Genen, Chromosomen, Zellen, Gewebe — also Protoplasma nach jeder erdenklichen Definition — und ein Mensch, der versuchte, eine Frucht oder ein Stück Fleisch von Diomedes zu essen, würde etwa zehn Minuten später wegen etwa fünfzig allergischer Reaktionen tot sein. Es waren eben nicht die richtigen Proteine. Nur mit hunderterlei Impfungen konnten sich die Menschen überhaupt davor retten, Heuschnupfen, Asthma oder Hautausschläge allein von der Luft, die sie atmeten, oder dem Wasser, das sie tranken, zu bekommen.

Er hatte heute viele kalte Stunden damit verbracht, die Nahrungsvorräte des Raumschiffes hier draußen zu sammeln, um sie dann später auf das Floß zu bringen. Dieses Schiff war als Beiboot in van Rijns Raumschiff mitgenommen worden, fertig beladen für ausgedehnte Picknick-Orgien, wenn ihn gerade die Lust dazu überfiel. Es gab genug Reisbrot, süße Butter, Edamer Käse, geräucherten Truthahn, Obstkonserven, Plumpudding, Bier, Wein und weiß Gott was noch alles an Bord dieses Schiffes, um drei Leute für ein paar Monate zu ernähren.

Der Diomedaner breitete seine Schwingen aus und schlug damit, um auf den Füßen zu bleiben. In dem düsteren Licht des nahenden Sturmes schienen die Daumen, die an ihrer äußeren Kante zu Klauen geworden waren, an van Rijns Gesicht wie die Schneidflächen einer Mähmaschine vorbeizurasen, die ein ultramoderner Gevatter Tod bediente. Der Händler wartete geduldig, aber ohne sich von der Stelle zu rühren, und deutete hin und wieder unbewegt auf die aufgetürmten Kisten. Schließlich kapierte der Diomedaner, was van Rijn wollte, oder gab vielleicht auch nur nach. Es war nicht mehr viel Zeit. Er pfiff hinüber zum Kanu. Ein Schwarm seiner Kameraden flatterte herüber und fing an, die Kisten hinüberzufliegen.

Wace half Sandra das Seil anbringen. »Ich fürchte, Sie werden etwas naß werden, Mylady», versuchte er zu scherzen.

Sie nieste. »Das ist also Pionierarbeit zwischen den Sternen! Ich werde meinen Hofpoeten einiges zu erzählen haben, wenn ich nach Hause komme — falls ich das überhaupt erleben werde.«

Als sie drüben und das Seil wieder zurückgeworfen war, ließ van Rijn Wace mit einem Zeichen den Vortritt. Er selbst debattierte mit dem Häuptling der Diomedaner. Wie er das machte, ohne daß einer von beiden auch nur ein Wort von der Sprache des anderen verstand, wußte Wace nicht, aber sie waren jedenfalls so weit, daß sie sich gegenseitig in höchsten Tonlagen beschimpften. Im gleichen Augenblick, in dem Wace die Zähne zusammenbiß und über Bord ging, setzte sich van Rijn auf das Deck und weigerte sich, sich von der Stelle zu rühren.

Als der junge Mann, naß wie eine ersäufte Ratte, an Bord des Kanus ankam, hatte der dicke Handelsprinz anscheinend das erreicht, was er wollte. Ein Diomedaner konnte etwa fünfzig Kilo über kurze Strecken durch die Luft transportieren. Drei von ihnen trugen van Rijn über das Wasser zu dem Kanu hinüber.

4

An Bord des Schiffes waren etliche hundert Eingeborene, alle bewaffnet, einige mit Helmen und Brustplatten aus mehrschichtigem Leder. Ein Katapult, das im herrschenden Dunkel gerade noch sichtbar war, war am Bug des Schiffes aufgerichtet, am Heck war eine Kabine aus Holz. Auf dem Dach bedienten zwei Steuerleute das Ruder.

»Sieht man ganz deutlich, daß wir auf ein Kriegsschiff gestoßen sind«, knurrte van Rijn. »Blöd, so was. Mit einem Kaufmann kann ich reden, aber mit einem idiotischen Offizier mit Goldborten um sein bißchen Gehirn kann ich nur brüllen.« Er hob seine kleinen grauen Augen zum Nachthimmel, wo Blitze durch die schwarzen Wolken zuckten. »Ich bin ein armer alter Sünder«, schrie er, »aber das habe ich nicht verdient. Hörst du mich?«

Nach einer Weile wurden die drei Menschen zur Kabine gedrängt. Das Schiff flog vor dem Sturm mit zwei gerefften Segeln und einem Klüver dahin. Das Rollen und Stampfen, das Tosen der Wogen und das Brüllen des Windes und des Donners kamen Wace fast nicht mehr zu Bewußtsein. Er wollte nur einen trockenen Fleck finden, wo er seine Sachen ausziehen und in ein warmes Bett kriechen konnte, um die nächsten hundert Jahre zu schlafen.

Die Kabine war eng. Drei Menschen und zwei Diomedaner ließen kaum genug Platz, um sich hinzusetzen. Aber sie war warm, und eine Steinlampe, die von der Decke hing, leuchtete schwach und füllte den Raum mit grotesken, bewegten Schatten.

Der Eingeborene, den sie als ersten gesehen hatten, war auch anwesend. Ein Dolch aus vulkanischem Glas lag in seiner Hand, und er kauerte wie ein Löwe vor dem Sprung. Aber mindestens die Hälfte seiner Aufmerksamkeit schien auf den anderen gerichtet, der schlanker und älter war als er und schon graue Flecken im Fell hatte und mit einem Lederriemen an einen Pfosten gefesselt war.

Sandras Augen zogen sich zu schmalen Schlitzen zusammen. Die Strahlpistole, die van Rijn ihr geliehen hatte, glitt, während sie sich setzte, auf ihren Schoß. Der Diomedaner warf einen schnellen Blick darauf, und van Rijn fluchte. »Du Spatzengehirn, mußt du ihm die Waffe zeigen?«

Der erste Eingeborene sagte etwas zu dem Angebundenen. Letzterer antwortete knurrend und wandte sich dann zu den Menschen. Was er nun sagte, klang nicht wie die gleiche Sprache.

»Ah! Ein Dolmetscher!« sagte van Rijn. »Du sprechen englisch, wie? Hahaha!« Er schlug sich auf die Hüfte.

»Nein, warten Sie. Man kann es ja einmal versuchen.« Wace sprach den anderen auf tyrlanisch an. »Verstehst du mich? Das ist die einzige Sprache, die wir vielleicht gemeinsam haben könnten.«

Der Gefangene hob seinen Kamm und richtete sich auf Hände und Oberschenkel auf. Was er sagte, klang fast vertraut. »Sprich langsam, bitte«, sagte Wace, und er fühlte, wie seine Müdigkeit verflog.

Und nun verstand er, was der andere sagte. »Der Carnoi-Dialekt, den du sprichst, klingt sehr fremd.«

»Carnoi . . .?« Ja, einer der Tyrlanier hatte einen Bund von Stämmen weit im Süden erwähnt, der so hieß. »Ich spreche die Sprache der Leute von Tyrlan.«

»Ich kenne diese Rasse nicht. Sie überwintern nicht in unseren Ländern. Das tun die Carnoi überhaupt nicht, aber hin und wieder, wenn alle in den Tropen sind, kommt einer vorbei, und dann —« Der Rest war unverständlich.

Der Diomedaner mit dem Messer sagte in ungeduldigem Ton etwas und bekam eine kurze Antwort. Der Dolmetscher sagte zu Wace: »Ich bin Tolk, ein Moohra der Lannachska.«

»Ein was von wem?« sagte Wace.

Es ist nicht einmal für zwei Menschen leicht, sich zu unterhalten, wenn das in verschiedenen Dialekten einer Sprache geschehen soll, die beiden fremd ist. Die Lautverschiebungen, die einerseits durch die Stimmbänder der Menschen und andererseits durch die Ohren der Diomedaner entstanden — sie vermochten Töne zu hören, die für den Menschen zu tief waren, und vernahmen andererseits Geräusche, die jenseits der menschlichen Aufnahmefähigkeit lagen —, machen diese Unterhaltung zu einer schwierigen und anstrengenden Prozedur. Es dauerte eine Stunde, bis Wace und Tolk sich gegenseitig ein paar Sätze verständlich gemacht hatten.

Tolk war ein Sprachenspezialist der Großen Herde von Lannach. Es war seine Aufgabe, jede Sprache zu lernen, die seinem Stamm bekannt wurde, und das waren nicht wenige Sprachen. Seinen Titel konnte man vielleicht am besten mit Herold übersetzen, denn seine Pflichten schlossen eine ganze Anzahl ritueller Ankündigungen ein, und er befehligte außerdem eine Gruppe von Boten. Die Herde befand sich im Krieg mit den Drak'honai, und Tolk war kürzlich von ihnen gefangengenommen worden. Der andere Diomedaner, der sich in der Kabine befand, hieß Delp und war ein hoher Offizier der Drak'honai.

Wace sagte nicht sehr viel über sich selbst, weniger um daraus ein Geheimnis zu machen, sondern weil die Angelegenheit auch so schwierig genug war. Er bat Tolk jedoch, Delp zu warnen, daß die Lebensmittel, die vom Schiff geborgen worden waren, für Erdmenschen zwar sehr wichtig waren, einen Diomedaner jedoch töten würden.

»Und warum sollte ich ihm das sagen?« fragte Tolk und grinste dabei boshaft, was sein Gesicht ganz menschlich erscheinen ließ.

»Wenn du es nicht tust,« sagte Wace, »wirst du Schwierigkeiten bekommen, wenn er erfährt, daß du es gewußt hast.«

»Das ist richtig.« Tolk sprach kurz mit Delp. Der Offizier gab eine kurze Antwort.

»Er sagt, man wird euch nichts zuleide tun, außer ihr zwingt ihn dazu«, erklärte Tolk. »Er sagt, ihr sollt seine Sprache lernen, damit er selbst mit euch sprechen kann.«

»Was war das nun?« unterbrach van Rijn.

Wace erklärte es ihm. Van Rijn explodierte. »Was? Was hat er gesagt? Hierbleiben bis — Tod und Teufel! Ich werde dieser schmutzigen Kröte etwas erzählen!« Er erhob sich langsam. Delps Schwingen schlugen zusammen. Seine Zähne blitzten. Die Tür flog auf, und ein Wächter blickte herein. Einer trug einen Tomahawk, der andere ein Feuersteinmesser.

Van Rijn schlug mit der Hand gegen seine Pistole. Delp sprach mit Tolk, und dieser übersetzte: »Er sagt, du sollst ruhig sein.«

Nach weiteren Verhandlungen und nach ziemlichen Anstrengungen seitens Wace, das Gesagte zu verstehen, meinte Tolk schließlich: »Er will euch nichts Böses tun, aber er muß an seine eigenen Leute denken. Ihr seid etwas Neues. Vielleicht könnt ihr ihm helfen, vielleicht bringt ihr aber Unheil, so daß er nicht wagen kann, euch gehen zu lassen. Er muß Zeit haben, um das zu prüfen. Ihr werdet nun eure Kleider ablegen und sie ihm geben. Da ihr keinen Pelz habt, werden euch andere Kleidungsstücke zur Verfügung gestellt werden.«

Als Wace das für van Rijn übersetzt hatte, sagte der Kaufmann mit erstaunlicher Gelassenheit: »Ich glaube, wir haben jetzt gar keine andere Wahl. Wir könnten eine ganze Anzahl von ihnen niederschießen, vielleicht sogar das Boot kapern. Aber wir bringen es nicht allein nach Hause. Wenn nichts anderes passierte, würden wir zumindest auf dem Wege verhungern. Wenn ich jünger wäre, ja, beim heiligen Georg, dann würde ich allein um des Prinzips willen kämpfen. Ich würde ihn auseinandernehmen und auf seinen Rippen Xylophon spielen. Aber jetzt bin ich alt und fett und müde. Es ist nicht leicht, alt zu sein, mein Junge —« Er runzelte die Stirn und nickte weise. »Aber, zum Teufel, wo es Feinde gibt, die man gegeneinander ausspielen kann, wird ein ehrlicher Kaufmann immer auf seine Rechnung kommen!«

5

»Zuerst«, sagte Wace, »müßt ihr euch darüber klar sein, daß die Welt die Gestalt einer Kugel hat.«

»Das wissen unsere Philosophen schon lange«, sagte Delp herablassend. »Selbst Barbaren wie die Lannach'honai ringen sich langsam zu dieser Erkenntnis durch. Schließlich legen sie ja jedes Jahr Tausende von Obdisai auf ihren Wanderungen zurück. Wir selbst kommen zwar nicht so weit herum, aber auch wir mußten uns erst eine astronomische Wissenschaft aneignen, bevor wir anfangen konnten zu navigieren.«

Wace zweifelte sehr stark daran, daß die Drak'honai ihren Standpunkt auch nur mit einiger Genauigkeit bestimmen konnten. Es war erstaunlich, was ihre neolithische Technik alles erreicht hatte, nicht nur in der Steinbearbeitung, sondern auch in der Bearbeitung von Glas und keramischen Stoffen; sie waren sogar imstande, einige Kunstharze herzustellen. Sie hatten Teleskope, eine Art Himmelsglobus und Navigationstabellen, die auf den Bahnen der Sonne, der Sterne und der zwei kleinen Monde beruhten. Aber um einen Kompaß oder einen Chronometer herzustellen, braucht man Eisen, und das gab es auf Diomedes nicht.

Und ganz automatisch überlegte er, was dieser Planet für ein aussichtsreicher potentieller Markt sein würde. Die primitiven Tyrlanier waren direkt begierig darauf, einfache Werkzeuge und Waffen aus Metall zu bekommen und zahlten astronomische Preise in Pelzen, Edelsteinen und Kräutern, die diesen Planeten in den Büchern der Polesotechnischen Liga so auszeichneten. Die Drak'honai konnten etwas kompliziertere Dinge gebrauchen, wie zum Beispiel Uhren und Rechenschieber bis hinauf zu Dieselmotoren, waren dafür aber auch in der Lage, proportional höhere Preise zu bezahlen.

Er dachte daran, wo er sich nun befand; auf dem Floß Gerunis,

Hauptquartier des stellvertretenden Befehlshabers, und er dachte auch daran, daß die liebenswürdige Kreatur, die auf dem Oberdeck saß und sich mit ihm unterhielt, in Wirklichkeit sein Gefängniswärter war.

Welche Zeit war seit dem Absturz vergangen — fünfzehn diomedanische Tage? Das wäre mehr als eine Woche nach der Zeitrechnung der Erde. Einige Prozent der Lebensmittel von der Erde waren schon aufgebraucht.

Er hatte sich gezwungen, die Drak'ho-Sprache von seinem Mitgefangenen Tolk zu lernen. Es war ein glücklicher Umstand, daß die Liga aus reiner Notwendigkeit schon lange Methoden entwickelt hatte, mit deren Hilfe man in kürzester Zeit fremde Sprachen erlernen konnte. Tolk selbst hatte ein fast identisches System entwickelt. Er mochte zwar nie Metall gesehen haben, aber in semantischen Dingen konnte man den Herold wirklich gebildet nennen.

»Nun«, sagte Wace, immer noch stockend und mit langen Pausen, in denen er in seinem Gedächtnis nach Vokabeln suchte, »wißt ihr denn, daß sich diese Weltkugel um die Sonne dreht?«

»Eine ganze Anzahl der Philosophen glaubt das«, sagte Delp. »Ich selbst bin ein Mann der Praxis und kümmere mich nicht darum.«

»Die Bewegung deiner Welt ist ungewöhnlich. Ja, in vieler Beziehung könnte man sie einen Außenseiter nennen. Eure Sonne ist kälter und röter als die unsere, also ist eure Heimat kälter. Diese Sonne hat eine Masse — wie sagt ihr? Oh, sagen wir Gewicht —, ist nicht viel kleiner als unsere und hat etwa den gleichen Abstand. Deshalb hat Diomedes, wie wir eure Welt nennen, ein Jahr, das nur wenig kürzer als das unsere ist. Siebenhundertzweiundachtzig Tage, nicht wahr? Diomedes hat etwa den doppelten Durchmesser wie die Erde, besitzt aber die schweren Stoffe nicht wie die meisten anderen Welten. Daher seine Schwerkraft. Folglich wiege ich hier nur etwa ein Zehntel mehr, als ich zu Hause wiegen würde.«

»Das verstehe ich nicht«, sagte Delp.

»Ach, das macht nichts«, meinte Wace nachdenklich.

»Was ist denn an der Bewegung von Ikt'hanis so ungewöhnlich?« fragte Delp. Das war sein Name für diesen Planeten und bedeutete nicht »Erde«, sondern — in einer Sprache, in der es möglich war, auch Substantive zu steigern — »am Ozeansten«.

Wace brauchte einige Zeit, bis er antworten konnte; die technischen Ausdrücke fehlten in seinem Wortschatz immer noch.

Es lag nur daran, daß die Axialneigung von Diomedes fast neunzig Grad betrug, so daß sich die Pole praktisch in der Ebene der Ekliptik befanden. Aber aus dieser Tatsache, verbunden mit der UV-armen Strahlung der kühlen Sonne, hatten sich die Lebensgewohnheiten der Bevölkerung des Planeten ergeben.

An beiden Polen herrschte nahezu ein halbes Jahr lang totale Nacht. Der endlose Tag der anderen Hälfte war keine Entschädigung dafür. Es gab zwar Lebewesen an den Polen, aber die waren unbedeutend. Selbst in fünfundvierzig Grad Breite herrschte ein Vierteljahr lang Dunkelheit und ein Winter, der grimmiger war, als man ihn sich auf der Erde vorstellen konnte. Das war weiter nördlich oder südlich, als intelligente Diomedaner leben konnten, denn die jährlichen Wanderungen verbrauchten ihre Zeit und Energie zu sehr, so daß sie sich damit begnügten, dahinzuvegetieren und ein Dasein zu führen wie die primitiven Stämme der Erde vor Anbruch der Steinzeit.

Hier, dreißig Grad im Norden, dauerte der Winter ein Sechstel des Jahres — etwas über zwei irdische Monate —, und der Flug zu den Brutplätzen am Äquator dauerte nur ein paar Wochen. Deshalb waren die Lannachska ein ziemlich zivilisierter Stamm. Die Drak'honai waren ursprünglich noch weiter aus dem Süden gekommen.

Aber wenn es keine Metalle gab, war allen Bemühungen eine gewisse Grenze gesetzt. Natürlich hatte Diomedes Magnesium, Beryllium und Aluminium im Überfluß, aber was nützte das, wenn man nicht vorher die Elektrolyse entdeckt hatte, wozu man aber wieder Kupfer und Silber brauchte?

Delp blickte Wace von der Seite an. »Du hast also auf deiner Erde immer Äquinoktium?«

»Nun, nicht ganz. Aber nach euren Begriffen könnte man das wohl sagen.«

»Deshalb habt ihr also keine Schwingen. Der Polarstern hat euch keine gegeben, weil ihr keine braucht.«

»Hm . . . ja, vielleicht. Sie hätten für uns sowieso keinen Nutzen. Die Atmosphäre der Erde ist zu dünn, als daß eine Kreatur von deiner oder meiner Größe dort aus eigener Kraft fliegen könnte.« Wace fuhr fort. »Weißt du, daß die Sterne andere Sonnen sind wie die deine, aber unendlich viel weiter weg, und daß die Erde der Planet eines solchen Sternes ist?«

»Ja, ich habe gehört, wie sich die Philosophen darüber unterhielten. Ich glaube dir.«

»Weißt du, wie groß unsere Kräfte sein müssen, um den Weltraum zwischen den Sternen zu überbrücken? Weißt du, wie wir dich belohnen können, wenn du uns hilfst, nach Hause zurückzukehren, und wie unsere Freunde dich bestrafen können, wenn du uns hier behältst?«

Einen Augenblick breitete Delp seine Schwingen aus, das Fell sträubte sich auf seinem Rücken, und seine Augen funkelten. Die Bewohner des Planeten Diomedes waren eine stolze Rasse.

Dann ließ seine Erregung nach. Trotz aller rassischen Verschiedenheiten spürte der Erdmensch, wie bekümmert sein Gegenüber war.

»Du selbst hast mir gesagt, Erd'ho, daß ihr den Ozean vom Westen her überquert habt und auf einer Strecke von Tausenden von Obdisai keine einzige Insel gesehen habt. Das gleiche sagen unsere Forscher, die weit auf den Ozean hinausgeflogen sind. Es ist uns also unmöglich, so weit zu fliegen und euch oder auch nur eine Botschaft zu euren Freunden zu bringen, ohne irgendeinen Ort zu haben, an dem wir haltmachen und rasten können.«

Wace nickte langsam. »Ja, das verstehe ich. Und ihr könntet uns auch nicht in einem schnellen Kanu zurückbringen, bevor unsere Nahrungsvorräte ausgehen.«

»Leider nein. Selbst wenn wir die ganze Strecke günstige Winde hätten, mußt du doch bedenken, daß ein Boot viel langsamer ist als unsere Schwingen. Wir würden ein halbes Jahr oder mehr brauchen, um die Strecke zurückzulegen, von der du sprichst.«

»Aber es muß doch irgendeine Möglichkeit —«

»Vielleicht. Aber du darfst nicht vergessen, daß wir uns im Krieg befinden. Wir können nicht viele Arbeitskräfte entbehren.«

»Ich glaube nicht, daß euer Admiral auch nur die Absicht hat, es zu versuchen.«

6

Im Süden lag Lannach, eine Insel von der Größe Großbritanniens. Von dort aus erstreckte sich der Archipel von Holmenach ein paar hundert Kilometer nordwärts in Regionen, in denen immer noch Winter herrschte. Die Inseln waren eine Grenze und ein Schild, die das Achanische Meer begrenzten und es vor den kalten Strömungen des Ozeans schützten.

Hier befanden sich die Drak'honai.

Nicholas van Rijn stand auf dem Deck der Gerunis und ließ seine Blicke ostwärts schweifen, wo die Hauptmacht der Flotte lag. Die grobgewobene und schlechtsitzende Jacke, die ein Segelmacher für ihn zusammengenäht hatte, reizte seine Haut, die seit langer Zeit teurere und weichere Gewebe gewohnt war. Er war es satt, kandiertes Hammelfleisch und Pfirsiche in Brandy zu essen, aber er wußte genau, daß er verhungern würde, wenn diese Leckerbissen ausgingen. Der Gedanke, daß er ein Beutestück war, um dessen Wünsche sich niemand zu kümmern brauchte, war ihm eine Qual. Und die Überlegungen, wieviel Geld die Gesellschaft verlieren würde, da sie augenblicklich auf seine persönlichen Weisungen verzichten mußte, schmerzte ihn fast genauso.

»Bah!« polterte er. »Wenn sie sich ernsthaft darum bemühen würden, uns heimzubringen, würde es schon gehen.«

Sandra blickte ihn müde an. »Und was würden die Lannachs tun, wenn die Drak'honai ihre ganze Energie darauf verwenden würden, uns zu helfen?« antwortete sie. »Dieser Krieg ist alles andere als entschieden. Drak'ho könnte ihn immer noch verlieren.«

»Tod und Teufel!« Er schüttelte seine haarige Faust. »Während sich diese Dummköpfe hier um ihre lächerlichen Grenzen streiten, verliert Solar Spice & Liquor eine Million ZE pro Tag!«

»Der Krieg hier ist eine Frage von Leben und Tod für beide Seiten«, sagte sie.

»Für uns auch.« Er suchte nach seiner Pfeife, erinnerte sich aber dann, daß seine Meerschaumsammlung auf dem Meeresboden lag. Er stöhnte. »Wenn ich den Kerl erwische, der die Bombe in mein Schiff geschmuggelt hat —« Er dachte nicht daran, sich bei ihr zu entschuldigen, weil er sie in diese Lage gebracht hatte. Aber genauso gut konnte auch sie an der ganzen Sache schuld sein. »Nein«, fuhr er ruhiger fort, »es stimmt schon, wir müssen zuerst hier die Lage bereinigen. Wir müssen den Krieg für sie beenden, damit sie sich um wichtigere Dinge kümmern können und mich heimbringen.«

Sandra sah ihn fragend an. »Sie wollen also den Drak'honai helfen? Dafür bin ich gar nicht. Schließlich sind sie die Angreifer. Aber dann muß man auch wieder verstehen, daß sie ihre Frauen

und Kinder haben hungern sehen —« Sie seufzte. »Es ist nicht leicht, hier das Richtige zu tun. Aber meinetwegen.«
»O nein!« Van Rijn fuhr sich durch den Bart. »Wir helfen der anderen Seite, den Lannachska.«

»Was?« Sie trat von der Reling zurück und sah ihn fragend an. »Aber . . . aber —!«

»Wissen Sie«, erklärte van Rijn, »ich verstehe ein wenig von Politik. Ein ehrlicher Kaufmann, der etwas verdienen will, muß das ja schließlich, sonst kommt irgendein lausiger Politiker daher und nimmt ihm seine mageren Profite weg, um damit eine Idiotenschule zu bauen oder Altersrenten zu bezahlen. Und die Politik hier ist auch nichts anderes als das, was wir draußen in der Galaxis tun. Diese Flotte ist eine Zivilisation mächtiger Aristokraten, aber das Gleichgewicht der Kräfte liegt beim Thron — der Admiralitätswürde. Nun ist der Admiral alt, sein Sohn, der Kronprinz, hat mehr zu sagen, als recht und billig ist. Ich weiß es. Dieser T'heonax ist ein ganz ausgekochter Bursche.

Was ist also, wenn wir den Drak'honai helfen, die Herde zu besiegen? Sie gewinnen den Krieg ja sowieso schon. Die Herde treibt im Augenblick nur Guerillakrieg in den unerschlossenen Regionen von Lannach. Sie ist zwar immer noch stark, aber die Flotte hat die Oberhand und braucht nur den status quo zu erhalten, um zu siegen. Und was können wir, denen der liebe Gott keine Schwingen gegeben hat, schon beim Guerillakrieg ausrichten? Sollen wir T'heonax zeigen, wie man mit einer Strahlpistole umgeht? Aber wie zeigen wir ihm dann, wie er jemanden findet, auf den er schießen kann?«

»Mhm . . . ja.« Sie nickte. »Sie meinen also, daß wir den Drak'honai nichts anbieten können, außer Handel und einem Vertrag. Aber das sind beides Dinge, die wir ihnen erst geben können, wenn wir zu Hause sind.«

»Ganz richtig. Und warum sollten sie es eilig haben, sich der Liga anzuschließen? Sie haben natürlich Angst vor Unbekannten wie zum Beispiel vor uns Erdmenschen. Sie ziehen es vor, ihre Eroberungen zuerst zu festigen, bevor sie sich mit mächtigen Fremden einlassen. Ich weiß, was hier geredet wird, ich habe es Ihnen gesagt; ich weiß, welche Meinung man hier von uns hat. Vielleicht läßt T'heonax uns verhungern, oder er schneidet uns die Kehle durch. Vielleicht wirft er unsere Sachen über Bord und sagt später, er hätte nie etwas von uns gehört. Oder vielleicht sagt er, wenn ihn schließlich ein Boot der Liga ausfindig macht: ja, wir haben ein paar Menschen aus dem Meer gezogen und haben sie gut behandelt, aber wir haben sie nicht rechtzeitig heimbringen können.«

»Aber können sie uns denn wirklich heimbringen? Ich meine, Freier van Rijn, wie würden Sie uns denn heimbringen, selbst wenn die Diomedaner mithelfen würden?«

»Bah! Einzelheiten! Ich bin doch kein Ingenieur. Ingenieure lasse ich für mich arbeiten. Meine Aufgabe ist es nicht, das Unmögliche zu tun, ich muß mich darum kümmern, daß andere es für mich tun. Aber wie soll ich etwas organisieren, wenn ich Gefangener eines Königs bin, der gar nicht daran interessiert ist, mit meinen Leuten Kontakt aufzunehmen? Was?«

»Wogegen die Lannachs in Bedrängnis sind und tun würden, was Sie von ihnen verlangen, ja.« Sandra lachte. »Sehr gut, mein Freund. Nur eine Frage noch: wie kommen wir zu den Lannachs?«

Sie blickte um sich. Das Bild, das sich ihren Augen bot, war nicht gerade dazu angetan, sie zu ermutigen.

Die Gerunis war ein typisches Floß; eine Anzahl leichter, aber zäher balsa-ähnlicher Stämme, die man zusammengebunden hatte. Eine Wand senkrecht stehender Stämme, die kunstvoll in den Boden eingefügt waren, grenzte einen geräumigen Laderaum ab und trug ein Deck aus sorgfältig geschnittenen Planken. Hinterdeck und Vorderkastell erhoben sich zu beiden Enden, auf ihren flachen Dächern stand Artillerie und auf dem Hinterdeck zusätzlich die riesige Ruderpinne. Dazwischen waren schilfgedeckte Kabinen als Vorratsräume, Werkstätten und Unterkunftsräume. Insgesamt war das Schiff etwa sechzig Meter lang und fünfzehn breit und verjüngte sich zu einem Bug mit einer Katapultplattform. Der Vormast und der Hauptmast trugen je drei große viereckige Segel. Wenn der Wind günstig war — und wenn man bedachte, wie stark jeder Wind auf diesem Planeten war, dann war das meistens der Fall —, konnte dieses nach außen hin plump erscheinende Fahrzeug doch einige Knoten Fahrt machen, und selbst wenn es in eine völlige Flaute geriet, konnte es sich mit Hilfe seiner Ruder von der Stelle bewegen.

An Bord befanden sich etwa hundert Diomedaner mit Frauen und Kindern. Von diesen waren zehn Paare von aristokratischer Abstammung und hatten daher Privatkabinen auf dem Hinterdeck. Zwanzig waren qualifizierte Seeleute, denen ein Raum pro Familie im Zwischendeck zustand, der Rest waren Hilfsmatrosen, die im Vorderdeck zusammengepfercht waren.

In der Nähe segelte der Rest des Geschwaders. Es gab Flöße verschiedener Typen, manche waren hauptsächlich Wohneinheiten wie die Gerunis, manche dreieckige Frachtschiffe, und einige trugen die langen Hütten, in denen Fisch und Seetang bearbeitet wurden. Oft wurden mehrere Schiffe aneinandergebunden und bildeten eine kleine Insel. An ihr vertäut oder auf Streifenfahrt zwischen den Flößen konnte man die Auslegerkanus sehen. Am Himmel schlugen Schwingen, wo fliegende Abteilungen nach dem Feind Ausschau hielten: das waren Berufssoldaten, der Kern und die Elite der Militärmacht von Drak'ho.

Jenseits dieses vorgeschobenen Geschwaders verdunkelten die anderen Abteilungen der Flotte das Meer, so weit eines Menschen Auge reichte. Die meisten fischten. Es war eine brutale, harte Arbeit, denn die langen Netze mußten von Hand eingezogen werden. Fast das ganze Leben Drak'hos schien aus schwerer Arbeit zu bestehen. Aber der Fang, den sie einbrachten, war üppig.

»Sie müssen sich plagen wie die Kulis«, stellte van Rijn fest. Er schlug mit der flachen Hand auf die Reling. »Dieses Holz ist hart, selbst wenn es noch grün ist, und doch glätten sie es mit Stein und Glaswerkzeugen! Ich wollte, ich könnte ein paar von den Burschen für mich arbeiten lassen, ohne daß die Gewerkschaften ihre dicke Nase hineinsteckten.«

Sandra stampfte ungeduldig mit dem Fuß auf. Sie hatte alle Gefahren, die Kälte und die Anstrengungen der Sprachstudien mit Tolk, die durch Vermittlung von Wace zustande gekommen waren, über sich ergehen lassen, aber alles hatte seine Grenzen. »Entweder reden Sie etwas Vernünftiges, Freier, oder ich gehe woanders hin! Ich habe Sie gefragt, wie wir hier wegkommen.«

»Wir lassen uns natürlich von den Lannachs retten«, sagte van Rijn. »Oder vielmehr, sie kommen und entführen uns. Ja, so ist es besser. Und wenn sie es nicht schaffen, dann kann Freund Delp nicht sagen, daß es unsere Schuld ist, wenn uns alle so lieben, daß sie uns dauernd bei sich haben wollen.«

Sie blickte ihn fragend an. »Was meinen Sie damit? Woher wissen denn die Lannachs überhaupt, daß wir hier sind?«

»Vielleicht wird Tolk es ihnen sagen.«

»Aber Tolk ist doch noch schlimmer dran als wir, nicht?«

»Nun, jedenfalls . . .« Van Rijn rieb sich die Hände. »Wir haben einen kleinen Plan gemacht. Er ist ein schlauer Kopf, dieser Tolk, fast so schlau wie ich.«

Sandra funkelte ihn an. »Und würden Sie sich dazu herablassen, mir zu erklären, wie Sie mit Tolk unter den Augen der Feinde verhandelt haben, so Sie doch nicht einmal Drak'ho sprechen?«

»Oh, ich spreche recht gut Drak'ho«, sagte van Rijn sanft. »Glauben Sie denn, daß ich ein alter Dummkopf bin, der sich beim Lernen schwer tut, weil ich solche Schwierigkeiten mache und jeden Tag Privatstunden bei Tolk nehme? Alles nur Theater! Die Hälfte der Zeit, die wir beisammensitzen, lehrt er mich seine eigene Lannach-Sprache. Niemand auf diesem Floß kennt sie, und so glauben sie, wenn sie uns reden hören und nicht verstehen, Tolk versucht sich in der Erdsprache. Sie glauben, er verzweifle langsam daran, mich durch Wace zu unterrichten, und versuchte nun selbst, mir etwas Drak'ho einzupauken. Ach, sind diese Kerle blöd! Erst gestern habe ich Tolk einen schmutzigen Witz in Lannachamael erzählt. Er sah richtig angeekelt aus. Nein, nein, der arme alte van Rijn hat schon noch einiges auf dem Kasten.«

Sandra schwieg eine Weile und versuchte zu verstehen, was es bedeutete, zwei extraterrestrische Sprachen gleichzeitig zu lernen, von denen eine noch dazu verboten war.

»Ich weiß nicht, warum Tolk so angeekelt aussah«, überlegte van Rijn. »Der Witz war nämlich gut. Hören Sie zu: ein Handlungsreisender kam auf einen Kolonialplaneten und —

»Ich kann mir denken, warum«, unterbrach ihn Sandra schnell. »Ich meine, warum Tolk der Witz nicht gefiel. Äh — Freier Wace hat es mir neulich erklärt. Auf Diomedes gibt es keine — äh — dauernde Sexualität. Sie bekommen jedes Jahr einmal Kinder, und zwar in den Tropen. Es gibt keine Familien in unserem Sinn. Für sie ist unser« — sie wurde rot — »das ganze Jahr währende Interesse an solchen Dingen nicht ganz normal oder höflich.«

Van Rijn nickte. »Ich weiß das alles. Aber Tolk kennt doch die Flotte, und auf der Flotte gibt es die Ehe, und Kinder werden das ganze Jahr hindurch geboren, genauso wie bei uns Menschen.«

»Ich hatte auch diesen Eindruck«, sagte sie langsam, »und das wundert mich. Freier Wace sagt, daß dieser Zyklus bei ihnen erblich bedingt ist. Instinkt oder Drüsen oder wie das heißt. Wie kann aber die Flotte anders leben, als es von ihren Drüsen diktiert wird?«

»Nun, jedenfalls tut sie es«, meinte van Rijn und zuckte seine massigen Schultern. »Ich würde vorschlagen, daß sich darüber ein Wissenschaftler einmal den Kopf zerbrechen soll, aber nicht wir, was?«

Plötzlich packte sie seinen Arm, und er zuckte zusammen. Ihre Augen blitzten. »Aber Sie haben noch nicht gesagt, was geschehen soll. Wie soll Tolk über uns nach Lannach berichten? Was sollen wir tun?«

»Ich habe keine Ahnung«, meinte er fröhlich. »Ich improvisiere einfach.«

Er blinzelte in den rötlichen Himmel. Ein paar Kilometer von ihnen entfernt schwamm das Flaggschiff von Drak'ho. Man konnte seine hölzernen Aufbauten fast als eine Burg bezeichnen. Ein Schwarm Flügelwesen stieg von ihm auf und flog in Richtung Gerunis. Man hörte aus der Ferne das Tuten eines Muschelhorns.

»Aber ich glaube, wir werden es gleich wissen«, fuhr van Rijn fort, »denn jetzt kommt seine rheumatische Majestät, um über unser Schicksal zu entscheiden.«

7

Die Leibgarde des Admirals, hundert Berufssoldaten, landeten mit bewundernswerter Präzision und präsentierten ihre Waffen. Polierter Stein und geöltes Leder blitzten im Schein der Sonne, und der Wind ihrer Schwingen fegte über das Deck. Ein mit Scharlachrot eingefaßtes Purpurbanner wurde entfaltet, und die Mannschaft der Gerunis, die sich respektvoll in die Takelage und auf das Dach des Vorderdecks zurückgezogen hatte, ließ einen heiseren Hochruf erschallen.

Delp hyr Orikan kam vom Hinterdeck und kauerte sich vor seinem Herrn nieder. Seine Frau, die schöne Rodonis sa Axollon, und seine beiden Kinder kamen hinter ihm. Alle trugen die scharlachroten Schärpen und juwelenbesetzten Armbänder, die hier als Kleidung bei Hofe galten.

Die drei Menschen standen neben Delp. Van Rijn hatte sich ganz entschieden geweigert, sich auch niederzukauern. »Ein Mitglied der Polesotechnischen Liga geht nicht auf die Knie und Ellbogen. Außerdem bin ich gar nicht dazu gebaut.«

Tolk saß hochmütig neben van Rijn. Seine Schwingen waren von einem Netz festgehalten, und ein stämmiger Matrose hielt die Leine, die um seinen Hals gelegt war. Seine Augen ruhten kalt und ruhig wie die einer Schlange auf dem Admiral.

Und die bewaffneten jungen Männer, die eine Ehrengarde für Delp, ihren Kapitän, bildeten, nahmen eine ebenso eisige Haltung ein — nicht gegenüber Syranax, sondern gegenüber seinem Sohn, dem Thronerben, auf den sich der Admiral stützte.

Wace dachte, daß die übergroße Nase van Rijns ein besonderes Gespür für Mißstimmungen haben müsse. Er selbst fühlte erst jetzt die Spannung, auf die sein Chef offenbar gehofft hatte.

Syranax räusperte sich, blinzelte und richtete seine Schnauze auf die Menschen. »Wer von euch ist Kapitän?« fragte er.

Wace trat vor. Die Antwort, die er gab, war ihm von van Rijn hastig und ohne lange Erklärung befohlen worden. »Der andere Mann ist unser Führer, Sir. Aber er spricht eure Sprache nicht sehr gut. Auch ich selbst habe noch große Schwierigkeiten in ihrem Gebrauch, so daß wir diesen Lannah'ho als Dolmetscher brauchen.«

T'heonax funkelte ihn an. »Wie soll der wissen, was du sagen willst?«

»Er hat uns eure Sprache gelehrt«, sagte Wace. »Wie Sie wissen, Sir, sind fremde Sprachen sein Beruf. Durch seine natürliche Fertigkeit und seine Erfahrungen mit uns wird er manchmal in der Lage sein, zu erraten, was wir sagen wollen, wenn wir nach einem Wort suchen.«

»Das klingt vernünftig«, sagte Syranax.

»Ich weiß nicht.« T'heonax warf Delp einen bösen Blick zu, den er zurückbekam.

»So. Zum Teufel, jetzt rede ich.« Van Rijn schob sich nach vorn. »Mein guter Freund . . . äh . . . mm . . . wie heißt das Wort? Mein Admiral, äh, sprechen wie gute Bruder, gute Bruder, man so sagen, Tolk?«

Wace zuckte zusammen. Obgleich Sandra ihm einiges erzählt hatte, als man sie auf Deck gedrängt hatte, um die Besucher zu empfangen, wirkte dieses Gestammel durchaus echt.

Warum tat van Rijn das?

Syranax wurde ungeduldig. »Es wäre wohl besser, wenn wir uns der Vermittlung Ihres Begleiters bedienen würden«, schlug er vor.

»Pest und Schwefel!« brüllte van Rijn. »Er? Nein, nein, wir selbst sprechen. Gerade wie, äh, wie, wie ist dein Titel? Wir reden wie Brüder, was?«

Syranax seufzte. Aber es kam ihm nicht in den Sinn, einfach ein Machtwort zu sprechen. Ein fremder Aristokrat war trotz allem ein Aristokrat in den Augen dieser an das Denken in Klassen gewöhnten Leute, und als solcher durfte er das Recht beanspruchen, für sich selbst zu sprechen.

»Ich hätte euch schon früher besucht«, sagte der Admiral, »aber ihr hättet euch nicht mit mir unterhalten können, und außerdem gab es so vieles andere zu tun. Je verzweifelter die Lannach'honai werden, desto gefährlicher werden ihre Angriffe und Überfälle. Es vergeht kein Tag, an dem wir nicht wenigstens ein kleines Gefecht zu bestehen haben.«

»Hm?« Van Rijn zählte an den Fingern eine Konjugation ab. »Xammagapai . . . Augenblick mal, xammagan, xammagai . . . ja, so ist es. Ein kleiner Kampf! Ich keine Kampf sehen, alter Admiral — ich meine, verehrter Admiral.«

T'heonax sträubte sich das Fell. »Achte auf deine Worte, Erd'ho!« fuhr er van Rijn an. Er war oft dagewesen, um sich die Gefangenen anzusehen, und ihre beschlagnahmten Besitztümer wurden von ihm verwaltet.

Syranax ließ sich auf das Deck nieder; seine Haltung erinnerte an die eines ruhenden Löwen. T'heonax blieb stehen und beobachtete Delp genau. »Ich habe natürlich Berichte über euch erhalten«, fuhr der Admiral fort. »Sie sind, äh, bemerkenswert. Ja, sehr bemerkenswert. Man sagt, ihr kommt von den Sternen.«

»Sterne, ja!« Van Rijn nickte wie ein Idiot eifrig mit dem Kopf. »Wir von Sternen. Weit, weit weg.«

»Dann trifft es auch zu, daß eure Leute eine Niederlassung am anderen Ufer des Ozeans errichtet haben?«

Van Rijn kauerte sich neben Tolk nieder. Der Lannacha übersetzte die Frage in einfachere Worte. Nach einigen vergeblichen Erklärungsversuchen strahlte van Rijn. »Ja, wir kommen von jenseits Ozean. Weit, weit weg.«

»Werden eure Freunde euch nicht suchen?«

»Suchen, ja, sehr stark suchen. Überall suchen. Du uns gut behandeln, oder unsere Freunde kommen —« Van Rijn unterbrach sich bestürzt und beriet sich wieder mit Tolk.

»Ich glaube, der Erd'ho will sich für seine Taktlosigkeit entschuldigen«, erklärte der Herold trocken.

»Vielleicht ist das eine recht ernst gemeinte Taktlosigkeit«, bemerkte Syranax. »Wenn seine Freunde ihn finden, solange er noch am Leben ist, wird viel davon abhängen, wie wir ihn behandelt haben. Die Frage ist nur, ob sie ihn so bald finden können? Was meinst du, Erd'ho? Er stellte die letzte Frage in scharfem Ton.

Van Rijn schrak zurück und hob die Hände, wie um einen Schlag abzuwehren. »Helfen!« wimmerte er. »Ihr uns helfen, uns heimbringen, alter Admiral ... verehrter Admiral ... wir heimgehen und euch zahlen viele Fische.«

T'heonax murmelte seinem Vater etwas ins Ohr. »Jetzt kommt die Wahrheit heraus — was ich schon lange vermutet habe. Seine Freunde haben keine Chance, ihn zu finden, bevor er verhungert. Sonst würde er nicht um Hilfe betteln. Er würde fordern, was ihm gerade in den Sinn käme.«

»Ich hätte das auf jeden Fall getan«, sagte der Admiral. »Unser Freund hat darin anscheinend nicht besonders viel Erfahrung. Nun, jedenfalls ist es gut zu wissen, wie leicht man die Wahrheit aus ihm herausholen kann.«

»Also«, sagte T'heonax verächtlich und strengte sich nicht einmal an, besonders leise zu sprechen, »das einzige Problem ist, wie wir aus den Tieren etwas Nützliches herausholen, bevor sie verrecken.«

Sandra hielt die Luft an. Wace packte sie am Arm, riß den Mund auf und hörte van Rijn gerade noch rechtzeitig murmeln: »Halt's Maul! Kein Wort, du Idiot!« Dann lächelte der Kaufmann wieder schüchtern und blickte Syranax ergeben an.

»Das ist nicht richtig!« platzte Delp heraus. »Beim Polarstern, Sir, das sind unsere Gäste, und keine Feinde. Wir können sie nicht einfach ausnutzen!«

»Und was würden Sie tun?« T'heonax zuckte die Schultern.

Sein Vater blinzelte und murmelte leise vor sich hin, als erwäge er die Argumente für beide Seiten. Etwas wie ein Funken sprang von Delp zu T'heonax über. Die Mannschaft der Gerunis und die Garde des Admirals reagierte mit in einem leichten Zucken der Muskeln.

Van Rijn schien überhaupt nichts zu bemerken. Er ließ sich theatralisch vor Delp auf die Knie fallen. »Nein, nein!« schrie er. »Du uns heimbringen! Du uns helfen, dann wir dir helfen!«

»Was soll das?«

T'heonax fuhr hoch. Er sprang vor. »Sie haben mit ihnen verhandelt?«

»Was meinen Sie damit?« Die Zähne des ersten Offiziers schlugen nur wenige Zentimeter von T'heonax Nase entfernt zusammen. Seine Flügelsporen hoben sich wie Messer.

»Was für eine Hilfe wollen Ihnen diese Kreaturen geben?«

»Was meinen Sie?« warf ihm Delp den Fehdehandschuh hin und kauerte sich wartend nieder.

T'heonax hob ihn nicht auf. »Man könnte meinen, Sie wollten gewisse Rivalen innerhalb der Flotte beseitigen«, sagte er.

In dem Schweigen, das das ganze Floß befiel, konnte Wace hören, wie der Atem der Drachengestalten in der Takelage schneller ging. Er konnte das Ächzen der Planken und Trossen hören, das Plätschern der Wogen und das Murmeln des Windes. Er hörte fast, wie sich die Obsidiandolche in den Scheiden lockerten.

Wenn ein unbeliebter Prinz einen Vorwand findet, um einen Untergebenen festzunehmen, den das Volk liebt, wird es immer Männer geben, die bereit sind zu kämpfen. Es war auch hier auf Diomedes nicht anders.

Syranax brach das Schweigen. »Hier scheint irgendein Mißverständnis vorzuliegen«, sagte er laut. »Niemand wird wegen des Geschwätzes dieser schwingenlosen Kreatur beschuldigt werden. Was soll denn das ganze Getue? Was könnte er denn für uns tun?«

»Das wäre abzuwarten«, antwortete T'heonax. »Aber eine Rasse, die in weniger als einem Äquinoktialtag über den ganzen Ozean fliegen kann, wird schon einige Tricks kennen.«

Er wirbelte herum und wandte sich wieder dem zitternden van Rijn zu. Mit dem Hochgefühl des Inquisitors, dessen Opfer endlich zusammengebrochen ist, sagte er kurz: »Vielleicht können wir euch irgendwie heimbringen, wenn ihr uns helft. Wir wissen nur noch nicht, wie wir das anstellen sollen. Vielleicht helfen uns eure Geräte, euch heimzubringen. Zeige uns, wie eure Geräte angewendet werden.«

»O ja«, sagte van Rijn. Er rieb sich die Hände und wackelte mit dem Kopf. »O ja, guter Herr, ich tun, was du wollen.«

T'heonax gab einen Befehl. Ein Drak'ho mit einer großen Kiste kam über das Deck. »Ich habe diese Dinge an mich genommen«, erklärte der Thronerbe. »Ich habe nicht viel damit angefangen, außer mit den Messern aus diesem schimmernden Material.« Einen Augenblick leuchteten seine Augen begeistert. »Vater, du hast noch nie ein solches Messer gesehen. Sie hacken nicht und kratzen nicht, sie schneiden einfach. Mit ihnen könnte man altes Hartholz schneiden!«

Er öffnete die Kiste. Die Offiziere vergaßen ihre Würde und drängten näher. T'heonax trieb sie mit einer Handbewegung zurück. »Laßt diesen Fettkloß zeigen, was er kann«, befahl er. »Bogenschützen und Blasrohrschützen, zielt von allen Seiten auf ihn. Seid notfalls bereit zu schießen.«

»Sie wollen kämpfen?« zischte Wace. »Das ist unmöglich.« Er wollte zwischen Sandra und die drohend auf sie gerichteten Waffen treten. »Sie spicken uns mit Pfeilen, bevor wir —«

»Ich weiß, ich weiß«, knurrte van Rijn leise. »Wann werdet ihr jungen Heißsporne endlich lernen, daß der Chef nicht lauter Stroh im Kopf haben muß, nur weil er alt und einsam ist. Halte dich nur schön im Hintergrund, Junge, und wenn der Zauber losgeht, dann nichts wie hinlegen und liegen bleiben.«

»Was? Aber —«

Van Rijn wandte ihm seinen breiten Rücken zu und sagte mit unterwürfiger Beflissenheit: »Hier ein . . . wie sagt ihr? . . . Ding. Es machen Feuer. Löscher brennen!«

»Ein tragbarer Flammenwerfer — so klein?« Schrecken klang aus T'heonax' Stimme.

»Ich habe Ihnen ja gesagt, daß wir mehr gewinnen, wenn wir anständig mit ihnen verhandeln«, sagte Delp. »Beim Polarstern, ich glaube, wir könnten sie auch heimbringen, wenn wir uns wirklich bemühten!«

»Sie könnten warten, bis ich tot bin, Delp, wenn Sie die Admiralswürde anstreben«, sagte Syranax. Wenn er es als Scherz gemeint hatte, so schlug es doch wie eine Bombe ein. Die Seeleute, die in seiner Nähe standen und es gehört hatten, erschraken. Die Gardisten griffen nach ihren Blasrohren und Bogen. Rodonis sa Axollon breitete ihre Schwingen über ihre Kinder und knurrte. Die Frauen der Hilfmatrosen, die auf dem Vorderdeck zusammengedrängt waren, wimmerten, ohne zu wissen, wovor sie sich fürchteten.

Delp selbst sorgte für Ruhe. »Ruhe!« brüllte er. »Ihr sollt ruhig bleiben. Bei allen Teufeln in den Regensternen, haben uns denn diese Kreaturen ganz verrückt gemacht?«

»Sehen«, schnatterte van Rijn, »Strahlenpistole . . . wir nennen es Strahlenpistole . . . nehmen . . . hier drücken . . .«

Der Ionenstrahl stach hervor und brannte sich in den Hauptmast. Van Rijn riß die Pistole herunter, aber der Strahl hatte schon ein zentimetertiefes Loch in das zähe Holz gebrannt. Die blauweiße Flamme zingelte über das Deck, ließ ein aufgerolltes Kabel rauchen und riß eine Lücke in die Reling, bevor er den Abzug losließ.

Die Drak'honai brüllten.

Es dauerte Minuten, bis sie wieder in den Wanten oder auf den Decks waren, und Neugierige von nahen Flößen kreisten immer noch am Himmel. Aber auf ihre Weise war Technik nichts Neues für sie. Sie waren eher erstaunt als verängstigt.

»Ich will das sehen!« T'heonax griff nach der Pistole.

»Warte, guter Herr, warte.« Van Rijn klappte das Magazin auf und nahm die Ladung heraus, wobei seine dicken Hände verbargen was er machte. »Zuerst sicher machen. Da.«

T'heonax drehte sie in den Händen hin und her. »Was für eine Waffe!« keuchte er. »Was für eine Waffe!«

Wace stand in Schweiß gebadet da und wartete, was für eine Teufelei van Rijn ausheckte. Trotzdem überlegte er, daß die Drak'honai die Wirkung der Waffe überschätzten, was nicht anders zu erwarten war. Aber eine Pistole dieser Art konnte nur die Kriegführung auf dem Lande ernsthaft beeinflussen — und der alte Schlaukopf würde sowieso alle Strahler entladen.

»Ich sicher machen«, schnatterte van Rijn. »Eins, zwei, drei, vier, fünf, ich sicher machen . . . vier, fünf?« Er wühlte in der Kiste. »Wo andere drei Strahler?«

»Was für andere drei?« T'heonax funkelte ihn an.

»Wir haben sechs.« Van Rijn zählte sorgfältig an seinen Fingern ab. »Ja, sechs. Ich sie alle dem guten Herrn Delp geben.«

»Was?«

Delp sprang fluchend auf den Menschen zu. »Das ist eine Lüge! Es waren nur drei, und du hast sie hier!«

»Hilfe!« Van Rijn versteckte sich hinter T'heonax. Delp stieß gegen den Sohn des Admirals. Die beiden Drak'honai verschwanden in einem Gewirr von Schwingen und Schwänzen.

»Das ist Meuterei!« kreischte T'heonax.

Wace warf Sandra zu Boden und legte sich schützend auf sie. Die Luft schwirrte von Geschossen.

Van Rijn drehte sich schwerfällig um und wollte den Seemann packen, der Tolk beaufsichtigte. Aber der Drak'ho war schon Delp zu Hilfe gekommen. Van Rijn mußte nur das Netz abstreifen, das die Flügel des Herolds gefangen hielt.

»Und jetzt«, sagte er in fließendem Lannachamael, »holen Sie eine Armee, um uns hier herauszuholen. Schnell, bevor man es bemerkt.«

Der Herold nickte, schlug mit den Flügeln und war am Himmel verschwunden.

Van Rijn beugte sich über Wace und Sandra. »Kommt mit«, keuchte er. Ein Schweifschlag, den er ganz unabsichtlich erhielt, als ein Seemann sich mit zwei Gardisten herumschlug, ließ ihn aufheulen. »Pest und Donner!« Er riß Sandra hoch und brachte sie in die Sicherheit des Vorderkastells.

Als sie hinter der Tür zwischen verängstigten Frauen und Kindern standen und auf das Getümmel hinausblickten, sagte er: »Es ist jammerschade, daß Delp untergehen wird. Aber er hat keine Chance. Er ist ein anständiger Kerl, wir hätten vielleicht gute Geschäfte miteinander machen können.«

»Alle Heiligen im Himmel!« keuchte Wace. »Sie haben einen Bürgerkrieg vom Zaun gebrochen, nur um einen Boten wegzuschikken?«

»Hätten Sie ein besseres Mittel gewußt?« fragte van Rijn.

8

Als Kommandant Krakna im Kampf gegen die Invasoren fiel, erwählte der Generalrat der Herde einen gewissen Trolwen zu seinem Nachfolger. Sie waren alt, und der Mann, den sie gewählt hatten, ziemlich jung, aber die Lannachska hielten es für ganz natürlich, daß junge Männer sie im Kampf führten. Ein Kommandeur brauchte die Kraft und die Energie von zwei Männern, um sie jedes Jahr sicher und wohlbehalten auf der schweren und gefährlichen Wanderung zu führen, und deshalb wurden solche Leute nie alt und gebrechlich. Schnelle und übereilte Entschlüsse wurden durch den Generalrat der Alten gemildert, jener Clanhäuptlinge, die zu alt geworden waren, um an der Spitze ihrer Schwadronen zu fliegen, wenn auch noch nicht so alt, daß man sie auf irgendeiner Winterreise zurücklassen konnte.

Trolwens Mutter stammte aus der Trekkangruppe, einer berühmten Sippe mit reichen Besitzungen auf Lannach, und sie selbst hatte diesen Reichtum durch kluges Verwalten noch vergrößert. Sie nahm an, daß sein Vater Tornak aus der Gruppe der Wendru war, nicht daß sie das sehr interessierte, aber Trolwen ähnelte diesem tapferen Streiter sehr. Aber es war seinem eigenen Ruf als Offizier in Sturm und Streit, bei der Verhandlung und in den Mühen des Alltags zu danken, daß der Rat ihn als Führer aller Clans gewählt hatte.

Jetzt führte er einen Großteil der Streitmacht der Herde gegen die Flotte in den Kampf.

Die Frühlings-Tag-und-Nacht-Gleiche war kaum vorüber, aber schon wurden die Tage mit Riesenschritten länger. Jeden Morgen stieg die Sonne weiter nördlich aus dem Meer, und jeden Tag schmolzen mildere Winde den Schnee, bis die Täler Lannachs vom Wasser überflutet waren. Es dauerte nur 130 Tage vom Äquinoktium bis zum letzten Sonnenaufgang. Dann würde es während des endlosen Lichts des Hochsommers nur mehr Regen und Nebel geben, um einen Angriff zu tarnen.

Und wenn die Drakska bis zum Herbst nicht entscheidend geschlagen waren, überlegte Trolwen grimmig, dann würde es gar keinen Sinn haben, sich weiter abzumühen, dann war es mit der Herde vorbei.

Seine Schwingen peitschten unablässig die Luft in dem kraftsparenden Schlag eines geborenen Wanderers. Unter ihm lag das Geheimnis einer weißen Wolke, und weit unterhalb schimmerte das Meer wie poliertes Glas durch die Lücken. Über ihm spannte sich ein klares, violett-blaues Dach, die Nacht und die Sterne. Beide Monde waren am Himmel, der schnelle Flichtan, der in eineinhalb Tagen von Horizont zu Horizont eilte, und Nua, der viel langsamer war.

Er dachte an das Töten.

Ein Anführer im Krieg soll nicht zeigen, daß er unentschlossen ist, aber er war jung, und Tolk, der Herold, würde Verständnis haben. »Woher wissen wir denn, ob diese Wesen noch auf dem gleichen Floß sind, auf dem sie bei deinem Abflug waren?« fragte er.

»Wir können es natürlich nicht mit Bestimmtheit sagen, Herdenhäuptling«, antwortete Tolk. »Aber der Fette hat auch an diese Möglichkeit gedacht. Er hat gesagt, er würde es irgendwie zuwege bringen, daß er jeden Tag genau nach Sonnenaufgang auf Deck sichtbar wäre. Und dann jammerte er und beklagte sich darüber, was das für eine unnatürliche Zeit sei, um aufzustehen. Er ist seltsam.«

»Vielleicht haben ihn die Draka eingesperrt«, sorgte sich Trolwen, »und Verdacht geschöpft, daß er bei deiner Flucht die Hand im Spiel gehabt hat.«

»Was er getan hat, ist wahrscheinlich in dem Handgemenge gar nicht bemerkt worden«, sagte Tolk. »Wahrscheinlich glauben sie, ich habe mir die günstige Gelegenheit irgendwie zunutze gemacht und mich selbst befreit. Wenn irgendwie Verdacht aufgekommen ist, nun, dann hat der Fette ja inzwischen einige Tage Zeit gehabt, um die Drakska zu beschwichtigen.«

»Und vielleicht kann er uns gar nicht helfen.« Trolwen fröstelte. Der Rat hatte sich ganz entschieden gegen den Überfall ausgesprochen und gesagt, er wäre zu riskant und würde zu viele Opfer fordern. Und einige Clans hatten die gleiche Meinung vertreten. Es war nicht leicht gewesen, sie alle zu überzeugen.

Und wenn es sich am Ende doch herausstellte, daß er wertvolles Leben für etwas so Groteskes vergeudete, ohne damit etwas zu erreichen . . . Trolwen war genauso patriotisch eingestellt wie jeder andere junge Mann, dessen Volk grausam angegriffen worden ist, aber seine eigene Zukunft ließ ihn doch nicht ganz kalt. Es war früher schon vorgekommen, daß ein Kommandeur, der einen großen Mißerfolg erlitten hatte, wie ein gewöhnlicher Dieb oder Mörder aus der Herde ausgestoßen wurde.

Er flog weiter.

Ein kaltes, schwaches Licht stahl sich an den Rand des Himmels. Jetzt begannen die höherliegenden Wolken rot anzulaufen, und die halbverborgene See überzog sich mit einem leichten Schimmer. Es war unbedingt erforderlich, daß sie die Flotte in genau dem Augenblick erreichten, wo es hell genug war, um zu sehen, was geschehen mußte, und dunkel genug, um sich nicht vorzeitig dem Feind zu verraten und ihn so zu warnen.

Ein Pfeifer mit dem schlanken Körper und den übergroßen Flügeln der Jugend tauchte aus einer Wolkenbank. Die schrillen Töne, die er von sich gab, trugen weit. Tolk, der als Chefherold die Ausbildung dieser Boten leitete, neigte den Kopf und nickte dann. »Wir haben es gut erraten«, sagte er. »Die Flöße liegen nur fünf Buaska vor uns.«

»Das habe ich gehört.« Trolwens Stimme klang gespannt. »Hat nun dieser infernalische Erd'ho, oder wie er sich nennt, ein Zeichen . . .?«

Er brach mitten im Satz ab. Immer mehr der jungen Leute schwirrten herbei, schneller als ein Erwachsener fliegen konnte. Ihr Pfeifen wurde zu einem herausfordernden Schlachtgesang. Trolwen verstand das Pfeifen wie seine Muttersprache. Er preßte die Kiefer zusammen und winkte seinem Standartenträger mit der Hand zu. Dann ging er in den Sturzflug.

Als er durch die Wolken brach, sah er die Flotte in ihrer ganzen Ausdehnung. Sie lag zwar noch weit unter ihm, aber man konnte doch sehen, daß sie sich von den Inseln im Westen bis zu den tangreichen Ufern im Osten erstreckte. Ein Deck reihte sich in der purpurgrauen Stille dort unten an das andere, und die Masten ragten wie spitze Zähne in den Himmel. Das Licht der Dämmerung tauchte die Burg des Admirals in feurigen Schein und vergoldete sein Banner, das in der leichten Morgenbrise flatterte. Und dann strömten die Drak'honai von ihren Flößen und Kanus gen Himmel, als sie die Rufe ihrer Wachen hörten.

Trolwen faltete seine Schwingen und neigte den Kopf. Hinter ihm brausten dreitausend Lannachska in keilförmiger Kampfformation. Selbst während er sich fallen ließ, suchten seine Augen ruhelos. Wo war dieses dreimal verfluchte Erd'ho-Monstrum? Dort! Er sah die drei häßlichen Gestalten auf dem Achterdeck eines Floßes umherspringen und winken.

Trolwen breitete seine Flügel aus, um zu bremsen. »Hier!« schrie er. Der Standartenträger entfaltete die rote Kommandoflagge. Die Geschwader gingen aus der Keilformation in die Kampfordnung und rasten im Sturzflug auf das Floß zu. Während sie an Trolwen vorbeizogen, löste sich aus jedem Geschwader ein kräftiger junger Krieger, der zum Wachdienst abkommandiert war, bis Trolwen in einem losen Verband von Verteidigern schwebte.

Die Drakska bildeten ihre eigenen Formationen mit hoher Geschwindigkeit und Disziplin. »Bei allen Göttern«, stöhnte Trolwen.

»Wenn wir doch nur ein einziges Geschwader anstatt einer ganzen Armee mitgenommen hätten.«

»Ein einziges Geschwader hätte die Erd'ho kaum lebend heimgebracht, Herdenhäuptling«, sagte Tolk. »Nicht aus der Mitte der Feinde. Es muß für sie nicht der Mühe wert erscheinen, den Kampf fortzusetzen, wenn wir uns zurückziehen.«

»Sie wissen anscheinend ganz genau, warum wir gekommen sind«, sagte Trolwen. »Sieh doch, wie sie um das Floß schwärmen.«

Die Truppe der Herde hatte sich nun durch eine schwache Linie der verteidigenden Drakska hindurchgekämpft und die Wasserfläche erreicht. Eine Abteilung griff das Zielschiff an, landete in einem Ring um die Menschen und begann dann planmäßig mit der Eroberung des ganzen Floßes. Die übrigen blieben in der Luft, um die Gegenangriffe des Feindes abzuwehren.

Auf Deck wurde Mann gegen Mann gekämpft. Beide Seiten waren gleich ausgerüstet: Holzschwerter mit eingesetzten Feuersteinstücken, im Feuer gehärtete Speere, Keulen, Dolche und Tomahawks schlugen auf Weidenschilde und lederne Harnische. Schweife peitschten, Krallen zuckten, Schwingen flatterten und rissen mit ihren hornigen Sporen tiefe Wunden. Keine der beiden Seiten unternahm den Versuch, Ordnung in den Kampf zu bringen; es war einfach ein Handgemenge. Trolwen interessierte diese Kampfphase nicht, die Truppen, die er geführt hatte, waren zahlenmäßig überlegen, und er wußte, daß er das Floß letzten Endes einnehmen würde, wenn nur seine Luftgeschwader die übrigen Drakska fernhalten konnten.

Das Rückgrat einer solchen Streitmacht waren die Bogenschützen. Jeder ergriff einen Bogen, der so groß war wie er selbst, mit seinen Fußkrallen, zog die Sehne mit beiden Händen und schoß, holte sich einen neuen Pfeil mit den Zähnen aus dem Köcher und hielt ihn schußbereit, bevor die Sehne wieder zurückgeschnellt war. Eine solche Elitetruppe, deren Ausbildung praktisch mit der Geburt begonnen hatte, konnte einen Vorhang von Pfeilen legen, den niemand leben durchqueren konnte. Aber wenn ihre Pfeile verschossen waren, was nach ziemlich kurzer Zeit der Fall war, mußten sie zu den Trägern zurückeilen und neue Munition holen. Das war der schwächste Punkt in ihrer Taktik, und der Rest der Armee war dazu da, sie dabei zu beschützen.

Einige warfen Bolas und einige Bumerangs mit scharfen Kanten und wieder andere Netze, die den Feind in die Tiefe rissen, wenn einmal seine Schwingen darin gefangen waren. Blasrohre waren verhältnismäßig neue Waffen, die sie fremden Stämmen an den Treffplätzen in den Tropen abgeschaut hatten. Hier waren ihnen die Drakska voraus: ihre Blasrohre hatten einen von einem Federwerk betätigten Repetiermechanismus und im Feuer gehärtete hölzerne Bajonette. Auch waren die einzelnen militärischen Abteilungen der Flotte besser organisiert.

Auf der anderen Seite brauchten sie immer noch recht unbeholfene und schwerfällige Hornrufe, um ihre Armee zu befehligen. Da war das Pfeiferkorps doch viel beweglicher und schneller, das von einem Gruppenführer zum anderen fliegen konnte und so die ganze Herde zu einem einzigen großen Organismus verwob.

Auf und ab wogte der Kampf, während die Sonne aufging und die Wolken auseinanderbrachen und das Meer sich rot färbte. Trolwen erteilte unermüdlich seine Befehle. Hunlu sollte die obere rechte Flanke verstärken, Torcha einen Scheinangriff auf das Floß des Admirals unternehmen, während Srygen an der anderen Flanke angriff. Einmal konnte er selbst die Erregung des Kampfes verspüren, als eine Gruppe Drakska seinen luftigen Feldherrnhügel angriff. Er erschlug persönlich einen seiner Widersacher mit dem Tomahawk und sah zu, wie sein Feind mit zerbrochenen Schwingen in das Meer stürzte.

So endeten die Kämpfe meistens. Wenn alle Pfeile verschossen waren und noch keine Seite besiegt war, dann ging es Axt gegen Axt, Speer gegen Speer und Krieger gegen Krieger. Manchmal wurde das Chaos so groß, daß beide Armeen völlig aufgerieben wurden.

Aber die Flotte war hier, dachte Trolwen, mit all ihren Arsenalen: also mit mehr Geschossen, als seine Flieger je hätten tragen können. Wenn dieser Kampf nicht bald abgebrochen wurde . . .

Das Floß mit den Erd'ho war nun in den Besitz der Lannachska übergegangen. Kanus der Drakska näherten sich, um es zurückzuerobern. Eines von ihnen beschoß es mit Feuerwaffen: dem gefürchteten, unwiderstehlichen brennenden Öl der Flotte, das aus einer keramischen Öffnung gepumpt wurde. Katapulte schleuderten große Vasen mit dem gleichen Öl, das sich beim Aufprall entzündete. Das waren die Waffen, die die Schiffe der Herde besiegt und ihre Küstenstädte vernichtet hatten. Trolwen fluchte verzweifelt, als er die Kanus sah.

Aber die Erd'ho hatten das Floß verlassen. Sechs kräftige Träger trugen je einen der Fremden in einem besonders angefertigten Netz. Durch dauerndes Auswechseln der Träger konnte man so diese Lasten bis in die Bergschlupfwinkel der Herde bringen. Die Kisten mit Nahrungsmitteln, die aus dem Laderaum des Schiffes emporgezerrt worden waren, waren weniger schwierig zu befördern. Ein Pfeifer verkündete den Erfolg.

»Los jetzt!« befahl Trolwen, und seine Boten flogen zu den ihnen zugewiesenen Geschwadern. »Hunlu und Dwarn bleiben mit der Hälfte der Leute oben, der Rest an den linken Flügel, Nachhut —«

Der Morgen war merklich weiter fortgeschritten, als er den Kampf beendete. Er hatte befürchtet, daß die Hauptmacht der Flotte ihn verfolgen würde. Ein Rückzugsgefecht bis nach Hause hätte seine Armee zermürben können. Aber als offensichtlich wurde, daß er sich auf dem Rückzug befand, brach der Feind den Kampf ab und zog sich auf die eigenen Decks zurück.

»Wie du es vorausgesagt hast, Tolk«, keuchte Trolwen.

»Nun, Herdenhäuptling«, sagte der Herold mit seiner gewohnten Ruhe. »Die Drakska selbst sind auf ein solches Durcheinander nicht sehr scharf. Sie müßten sich zu weit verteilen und dadurch ihre Flöße praktisch ohne Verteidiger lassen. Vielleicht meinten sie sogar, daß es der eigentliche Zweck unseres Angriffes war, sie zu einem solchen Schritt zu verleiten. So haben sie also entschieden, daß die Erd'ho die Mühe und das Risiko nicht wert sind: eine Anschauung, in der die Erd'ho selbst sie sicherlich bestärkt haben.«

»Wollen wir hoffen, daß diese Annahme richtig ist. Aber wie auch die Götter entscheiden mögen, Tolk, du hast das Ergebnis dieses Kampfes vorausgesagt. Vielleicht solltest du Kommandeur sein.«

»O nein. Nicht ich. Der fette Erd'ho hat das in allen Einzelheiten vorausgesagt.«

Trolwen lachte. »Vielleicht sollte er dann das Kommando übernehmen.«

»Vielleicht«, sagte Tolk sehr nachdenklich, »wird er das auch tun.«

9

Die Nordküste von Lannach neigte sich in sanften Tälern zum Achan-Meer hin. Dort, in den Wäldern, waren die Wohnstätten, wo gewöhnlich die Clans der Herde hausten. Wo die Bucht von Sagna tief in das Land schnitt, waren mehrere solcher kleiner Dörfer zu größeren Orten zusammengewachsen, und so entstanden die Städte Ulwen, Mannenach mit seinen reichen Feuersteinvorkommen und Yo, die Stadt der Tischler.

Aber die Türen waren zerbrochen und die Dächer verbrannt, Kanus der Drak'ho lagen an den Ufern von Sagna, Kriegstrupps der Drak'ho hausten im leeren Ulwen und jagten in den Wäldern von Anch nach Horntierherden, die nach ihrem Winterschlaf aus Duna Brae zurückkehrten.

Ihre Schiffe waren versenkt, ihre Häuser, die Jagd- und Fischgründe besetzt; also zog sich die Herde in das Hochland zurück. An den Lavahängen des Mount Obarch oder in den kalten Schluchten der Nebelberge waren ein paar Siedlungen, wo die ärmeren Clans wohnten. Die Frauen und Gebrechlichen und die ganz kleinen Kinder konnten in diese Dörfer gepfercht werden, Zelte konnten aufgeschlagen und Höhlen bewohnbar gemacht werden. In diesem unwirtlichen Land vermochte sich die ganze Herde noch eine Weile am Leben zu erhalten, wenn dabei auch manchmal einige Lannachska hungrig bleiben mußten.

Aber das Herz von Lannach war die Nordküste, die die Drak'honai jetzt zu ihrem Gebiet erklärt hatten. Ohne sie war die Herde nichts, ein verhungernder Stamm Wilder, bis zum Herbst, wo die Zeit der Geburt sie völlig hilflos finden würde.

»Es ist nicht alles beim besten«, sagte Trolwen, was man bestimmt nicht als Übertreibung bezeichnen konnte.

Er schlenderte den schmalen Pfad entlang dem Dorf zu — wie hieß es gleich? — Salmenbrok, das oben auf dem zackigen Kamm lag. Jenseits des Dorfes türmten sich dunkle vulkanische Felsen schwindelerregend bis zu einem Krater, der sich hinter seiner eigenen Rauchglocke verbarg. Der Boden zitterte unter seinen Füßen, und van Rijn hörte, wie der Planet böse knurrte.

Das war kein Ort für einen Mann seines Alters. Eigentlich sollte er zu Hause sitzen, in seinem bequemen Lehnsessel, mit einer guten Zigarre und einem hübschen Mädchen, einem guten Tropfen und den Kanälen von Amsterdam vor dem Fenster. Einen Augenblick lang war die Erinnerung an die Erde so deutlich, daß er vor lauter Selbstmitleid feuchte Augen bekam. Es war bitter, seine Gebeine in diesem Land des Alptraums lassen zu müssen, wo er doch den weichen, grünen Rasen der Erde auf seinen Leib hatte legen wollen . . . hart und grausam. Ja, und mit jedem Tag würde seine Firma tiefer in Schulden geraten, da er nicht ihre Geschicke lenken konnte! Das riß ihn wieder in die Wirklichkeit zurück.

»Ich möchte mal klarsehen«, sagte er. Es fiel ihm viel leichter, Lannachamael zu sprechen als Drak'ho — selbst wenn er sich nicht bemühen mußte, den barbarischen Akzent richtig zu sprechen. Hier waren zufällig die Gutturallaute und die Grammatik von seiner Muttersprache gar nicht so sehr verschieden. Er sprach schon fast fließend.

»Sie kamen also von Ihrer Wanderung zurück und stellten fest, daß der Feind hier auf euch wartete?« fuhr er fort.

Trolwen machte mit dem Kopf eine hastige Bewegung. »Ja. Bisher hatten wir nur ganz vage von ihrer Existenz gewußt. Ihre Heimat liegt weit südöstlich von der unserigen. Wir wußten, daß sie ihre Heimat verlassen mußten, weil die Trech — der Fisch, der ihr Hauptnahrungsmittel ist — ihre Gewohnheiten geändert hatten und aus den Gewässern der Draka in das Achanmeer übergewechselt waren. Aber wir hatten keine Ahnung, daß die Flotte unser Land heimsuchen würde.«

Van Rijns langes Haar flog, als er nickte. Es war jetzt schmutziggrau, und die sorgfältig gekräuselten Locken waren verschwunden. »Es ist wie in unserer eigenen Geschichte. Wenn im Mittelalter auf der Erde der Hering aus irgendeinem, nur einem Hering verständlichen Grund seinen Weg änderte, änderte sich auch die Geschichte der seefahrenden Völker. Throne stürzten, und Kriege wurden ausgetragen, nur wegen dieser verdammten neuen Fischereigründe.«

»Es war für uns nie von großer Wichtigkeit«, sagte Trolwen. »Ein paar Clans in der Gegend von Sagna besaßen kleine Kanus und hatten sich einen Großteil ihrer Nahrung mit Haken und Leine verschafft. Aber nichts von dieser tierischen Arbeit, die sich die Drakska aufbürden, wenn sie diese Netze schleppen, auch wenn sie dabei mehr fangen! Aber für unsere Leute war das im allgemeinen recht unwichtig. Natürlich, wir haben uns gefreut, als vor ein paar

Jahren Trech in großen Mengen in den Gewässern von Achan auftauchten. Der Trech ist groß und schmeckt gut, und aus seinem Öl und seinen Knochen kann man viele nützliche Dinge machen. Aber es war keine so große Freude, wie wenn ... nun, wie wenn zum Beispiel die wilden Horntiere über Nacht ihre Herden verdoppelt hätten.«

Seine Finger krampften sich um den Griff seines Tomahawaks. »Jetzt sehe ich, daß die Götter uns die Trech in Spott und Verärgerung gesandt haben, denn die Flotte ist den Trech gefolgt.«

Van Rijn blieb stehen und schnaufte so laut, daß er das ferne Grollen des Vulkans übertönte. »Oho! Augenblick mal. Nicht so schnell wie ein Rennpferd, wenn ich bitten darf ... Ah. Wenn die Fische euch nichts bedeuten, warum überlaßt ihr dann nicht der Flotte die Gewässer von Achan?«

Er wußte genau, daß das keine richtige Frage war, sondern nur eine Herausforderung an den jungen Mann. Trolwen stieß zuerst einige wilde Flüche aus, bevor er antwortete. »Sie haben uns sofort angegriffen, als wir im Frühling heimkehrten. Sie hatten unsere Küsten schon besetzt! Und selbst wenn sie das nicht getan hätten ... würden Sie vielleicht eine mächtige Horde von Fremden, deren Gewohnheiten unbekannt und schlecht sind, würden Sie die vor Ihrer Haustür wohnen lassen? Wie lange könnte so etwas gutgehen?«

Van Rijn nickte wieder. Ja, das wäre genauso, wie wenn ein Volk mit einer tyrannischen Regierung, und noch dazu mit ekelerregenden persönlichen Ansichten, den Mond verlangen würde, mit der einzigen Begründung, daß es ihn brauchte und daß er der Erde sowieso nichts nütze.

Er persönlich konnte es sich leisten, tolerant zu sein. In vieler Beziehung standen die Drak'honai den Menschen näher als die Lannachska. Ihre auf Sklavenarbeit aufgebaute Kultur war eine ganz natürliche Konsequenz ihrer Wirtschaftsform: wenn man nur Werkzeuge aus Stein hatte, war ein Floß, das groß genug war, um mehrere Familien zu beherbergen, eine enorme Kapitalinvestition. Es war einfach nicht möglich, daß irgendein unzufriedener Zeitgenosse sich einfach von seinen Mitmenschen lossagte und sich selbständig machte. Jeder war auf die Gnade und das Wohlwollen des allmächtigen Staates angewiesen. In solchen Fällen konzentrierte sich die Macht immer in den Händen aristokratischer Krieger und intellektueller Priester; und bei den Drak'honai waren diese beiden Klassen zu einer verschmolzen.

Die Lannachska auf der anderen Seite — die für den Planeten Diomedes typischer waren — waren in erster Linie Jäger. Sie hatten eine ganz geringe Anzahl hochqualifizierter Handwerker, und das Individuum konnte mit Werkzeugen eigener Herstellung leben. Die Jagdwirtschaft ließ sich über ein weites Gebiet ausbreiten, und so war jede kleine Gruppe vom Rest unabhängig. Sie ertrugen hin und wieder ungeheure Strapazen, so zum Beispiel bei den Jagden, mußten sich aber nicht Tag für Tag bis zur völligen Erschöpfung abmühen, wie die gemeinen Fischer oder Ruderer in der Flotte das tun mußten. Also gab es in Lannach keine Berechtigung für eine Klasse der Aufseher und Chefs.

Trolwen hatte den Gipfel der kleinen Anhöhe erreicht und wartete unter den Mauern von Salmenbrok auf seinen keuchenden Gast.

Wie alle Ansiedlungen der Lannachska war es befestigt, gegen intelligente Feinde und gegen solche aus dem Tierreich. Es gab keine Palisaden — das hatte hier keinen Sinn, wo alle höheren Lebewesen Flügel besaßen. Die Gebäude sahen im Durchschnitt wie alte Blockhäuser von der Erde aus. Im Erdgeschoß gab es keine Türen und nur Schlitze als Fenster, der Eingang befand sich entweder in einem höheren Stockwerk oder bestand aus einer Falltür im Schindeldach. Ein kleines Dorf war nicht durch Mauern befestigt, sondern dadurch, daß die Häuser mittels bedeckter Brücken und durch unterirdische Gänge miteinander verbunden waren.

Hier oben, jenseits der Baumgrenze, baute man die Häuser aus rohen Steinen und Mörtel. Dadurch bildete die Bauweise einen gewissen Gegensatz zum ebenen Land, wo die Holzbauweise geläufiger war. Aber diese Ortschaft war solide gebaut und sogar mit einem gewissen Komfort ausgestattet.

Van Rijn ließ sich Zeit, um solche Rätsel wie hölzerne Schlösser, die in ihrer Konstruktion an chinesische Zusammensetzspiele erinnerten, zu studieren, oder hölzerne Drehbänke mit einem »Schneidestahl« aus sorgfältig zerkleinerten Diamanten. Eine öffentliche Windmühle mahlte Nüsse und wildes Korn und lieferte außerdem noch den Antrieb für eine ganze Anzahl kleinerer Maschinen. Eine davon war eine Pumpe, die ein großes Felsbecken auf der überhängenden Klippe mit Wasser füllte. Dieses Wasser konnte bei Windstille wieder abgelassen werden und trieb über ein Rad die Maschine auf umgekehrtem Wege. Er sah auch eine kleine, von Segeln betriebene Schienenbahn mit kleinen, korbförmigen Gebilden auf Holzrädern als Wagen, die auf eisenharten Holzschienen liefen. Die Bahn transportierte Obsidian aus den örtlichen Fundstellen, Holz aus den Wäldern, getrocknete Fische von der Küste, Pelze und Kräuter aus dem Tiefland und handwerkliche Gegenstände von der ganzen Insel. Van Rijn war entzückt.

»So!« sagte er. »Handel! Ihr seid im Prinzip also Kapitalisten. Ha! Ich will verdammt sein, wenn wir nicht bald Geschäfte miteinander machen!«

Trolwen zuckte die Schultern. »Hier oben weht fast immer ein kräftiger Wind. Warum sollten wir ihn nicht unsere Lasten befördern lassen? Alle die Geräte, die Sie hier sehen, haben zu ihrer Vollendung lange Zeit gebraucht. Wir sind nicht wie diese Drakska, die sich abrackern, bis sie tot umfallen.«

Die augenblickliche Bevölkerung von Salmenbrok scharte sich schnatternd und mit viel Flügelschlagen um den Menschen. Die Frauen sahen nicht anders aus als die der Flotte, nämlich ein wenig schlanker und kleiner als die Männer, mit großen Schwingen, aber mit einem nur rudimentär entwickelten Flügelsporn. Die beiden Rassen schienen also in Wirklichkeit identisch zu sein.

Und doch, wenn es stimmte, was die Agenten der Company über Diomedes gehört hatten, dann waren die Drak'honai eine biologische Abnormität.

Trolwen folgte dem neugierigen Blick van Rijns und seufzte. »Man sieht es schon ganz deutlich«, murmelte er, »fast die Hälfte unserer Frauen erwartet Nachwuchs.«

»Hm. Ja, das ist problematisch. Wir wollen mal sehen, ob ich das richtig verstanden habe. Eure Jungen werden alle zum Herbstäquinoktium geboren?«

»Ja, innerhalb weniger Tage. Ausnahmen sind ganz selten.«

»Aber kurz danach müßt ihr nach Süden fliegen. Ein Baby kann doch sicherlich nicht fliegen?«

»O nein. Es klammert sich den ganzen Weg an seine Mutter; es kommt nämlich schon mit Armen auf die Welt, die fest zupacken können. Ein Junges vom Vorjahr hat sie nicht, denn eine Frau, die noch stillt, wird nicht schwanger. Ihre Kinder aber, die zwei Jahre alt sind, sind stark genug, um die Strecke selbst zu fliegen, wenn man ihnen hin und wieder Ruhepausen gönnt. In dieser Altersgruppe haben wir gewöhnlich die größten Verluste. Dreijährige und ältere brauchen nur gelenkt und behütet zu werden; ihre Kräfte reichen völlig aus.«

»So, ihr fliegt also in den Süden. Ich habe gehört, daß das Leben dort unten leicht ist; es gibt Nüsse und Obst im Überfluß, und man braucht die Fische nur aus dem Wasser zu ziehen. Warum kehrt ihr überhaupt zurück?«

»Das hier ist unsere Heimat«, sagte Trolwen einfach. Und nach einer kurzen Pause: »Außerdem könnten natürlich die Tropeninseln nie die Zehntausende am Leben erhalten, die sich dort jeden Winter — eigentlich sogar zweimal im Jahr — versammeln. Sobald die Wanderer zum Abflug bereit sind, haben sie praktisch das Land kahlgegessen.«

»Nein, wirklich«, sagte van Rijn. »Wir lassen uns am besten schnell etwas einfallen.«

»Ich habe Leute geopfert, um Sie zu retten«, sagte Trolwen, »weil wir alle hofften, Ihnen würde etwas einfallen.«

»Nun«, sagte van Rijn, »das Problem besteht nur darin, meinen Leuten in Thursday Landing eine Botschaft zukommen zu lassen. Dann können sie im Handumdrehen herkommen, und ich lasse sie unter der Flotte aufräumen.«

Trolwen lächelte. »Nein, nein«, sagte er. »So einfach geht das nicht. Ich kann und darf es nicht wagen, Zeit und Leben meiner Leute in einem wahnwitzigen Versuch, den Ozean zu überqueren, aufs Spiel zu setzen — nicht solange uns Drak'ho an der Kehle sitzt. Und — nehmen Sie es mir nicht übel — woher weiß ich, daß Sie noch daran interessiert sein werden, uns zu helfen, wenn Sie einmal die Möglichkeit haben, heimzukommen?«

Er blickte auf die Höhle, die den Männertempel beherbergte. Dampf stieg vom Eingang auf, und im Inneren hörte man das Zischen eines Geysirs.

»Ich selbst hätte mich vielleicht anders entschieden«, fügte er plötzlich mit sehr leiser Stimme hinzu. »Aber meine Vollmachten sind beschränkt. Der Rat hat Angst vor euch drei schwingenlosen Wesen. Er glaubt .. Wir wissen so wenig über euch. Die einzige Sicherheit, die wir haben, ist eure Verzweiflung. Der Rat wird es nicht zulassen, daß euch geholfen wird, bevor nicht der Krieg vorbei ist.«

Van Rijn hob die Schultern. »Ganz im Vertrauen, Trolwen, mein Junge, an seiner Stelle hätte ich es ganz genauso gemacht.«

10

Die Dunkelheit ließ nach. Bald würden helle Nächte kommen, wenn die hinter dem Horizont versunkene Sonne den Himmel erhellte und ihn in weißes Licht tauchte. Schon konnte man beide Monde in voller Phase nach dem Sonnenuntergang sehen. Als Rodonis aus ihrer Kabine trat, erklomm der schnelle Sk'huanax den Horizont und raste zwischen den unzähligen Sternen auf die langsame und geduldige Lykaris zu. Zwischen ihnen warfen die Wartenden und die Verfolger einen trüben Schimmer auf die stille Wasserfläche.

Rodonis entstammte altem Adel, und man hatte sie gelehrt, über den Mondglauben zu lachen. Er war für die einfachen Seeleute gut genug, die sonst wieder zu ihren primitiven Blutopfern für Aeak'ha-in-der-Tiefe zurückkehren würden, aber ein Mensch mit einiger Bildung wußte, daß nur der Polarstern die Geschicke der Welt leitete. Trotzdem kauerte sich Rodonis auf das Deck nieder und flüsterte Lykaris ihren Kummer zu. »Oh, Lykaris, verschone bitte meinen Delp.«

Die Monde wurden heller. Eine Wolkenbank im Westen türmte sich wie ein hohes Gebirge. Aus dem Norden konnte sie das Krachen des Packeises hören. Es war eine weite, fremde See, nicht das grüne Wasser des Südens, aus dem der Hunger die Flotte vertrieben hatte. Ob die Götter von Achan es wohl je zulassen würden, daß die Drak'ho dieses Meer ihre Heimat nannten?

Das Plätschern der Wogen, das Ächzen der Planken, das Summen der Kabel, wenn der Wind sein Spiel mit ihnen trieb, das Klatschen der Segel und das ferne Klagen einer Flöte und all die Töne des eigenen Floßes, das Schnarchen der Männer und das Weinen der Kleinen — all das umgab sie in dieser kalten Leere des Achanmeeres wie ein Stück ihrer Heimat. Sie dachte an ihre eigenen Kinder in ihrem reichgeschmückten Bett, und der Gedanke gab ihr die Stärke, die sie brauchte. Sie breitete ihre Schwingen aus und erhob sich in die Lüfte.

Von oben sah die Flotte wie eine Ansammlung plumper Schatten aus, und nur hin und wieder unterbrach das Blitzen einer Feuerstelle, wenn ein paar Männer noch an der Arbeit waren, die Monotonie. Die meisten schliefen schon lange, müde vom Schleppen der Netze, dem Säubern und Salzen der Fische, der Arbeit an den Segeln, dem Tangsammeln und dem Bäumefällen mit primitiven Werkzeugen.

Rodonis' Schwingen schlugen schneller. Das Flaggschiff war nun nahe, und seine Türme ragten wie Berggipfel in die Finsternis. Es brannten viele Lampen an Deck und auch weiter unten in Räumen, vor deren Fenstern die Läden geschlossen waren, und Krieger zogen in endloser stiller Wacht um das riesige Schiff. Die Flagge des Admirals flatterte noch immer am Mast, also war er noch nicht gestorben, aber der Tod rückte mit jeder Minute näher. Die Schar derer, die als seine Totenwache das Schiff umflogen, wurde immer dichter.

Wie Aasvögel, dachte Rodonis schaudernd.

Einer der Posten befahl ihr mit einem kurzen Pfiff anzuhalten und flatterte näher. Das Mondlicht schimmerte auf seiner polierten Speerspitze. »Halt! Wer da?«

Sie hatte es erwartet, so angehalten zu werden, aber jetzt klebte ihr die Zunge am Gaumen.

Ein plötzlicher Windstoß ließ die trockenen Gegenstände, die an einer Rahe hingen, klappern: die abgetrennten Schwingen irgendeines Seemannes, der sich etwas hatte zuschulden kommen lassen. Rodonis stellte sich Delps Rücken mit zwei roten Stummeln vor, und ihre Verzweiflung machte sich in einem Schrei Luft.

»Du wagst es, in einem solchen Ton mit einer sa Axollon zu sprechen!«

Der Soldat kannte sie nicht persönlich, denn die Flotte hatte Tausende von Bürgern, aber er erkannte das Offizierstuch, das sie trug. Man konnte mit einem Blick sehen, daß dieser schlanke und gepflegte Körper kein arbeitsreiches Leben hinter sich hatte.

»Aufs Deck mit dir, du Schmutzfink!« schrie Rodonis. »Bedecke deine Augen, wenn du mit mir sprichst!«

»Ich — Mylady«, stammelte er, »ich wollte nicht —«

Sie raste im Sturzflug direkt auf ihn los. Er mußte ihr ausweichen. Ihre Stimme klang wie ein Peitschenhieb. »Vorausgesetzt natürlich, daß dein Bootsmann mich zuerst um Erlaubnis gebeten hat, daß du mich überhaupt ansprechen darfst.«

»Aber — aber — aber ...« Andere Soldaten waren inzwischen herbeigeflogen und kreisten ebenso ratlos in der Luft. Ein solches Gesetz existierte wirklich, wenn auch seit Jahrhunderten niemand auf die Idee gekommen war, es dem Buchstaben getreu auszulegen.

Ein Offizier auf dem Hauptdeck meisterte die Situation schließlich, als Rodonis landete. »Mylady«, sagte er respektvoll, »es geziemt sich nicht für eine Dame, zu solch später Stunde ohne Begleitung unterwegs zu sein, noch weniger aber, dieses Floß der Trauer aufzusuchen.«

»Es ist aber notwendig«, sagte sie. »Ich habe Kapitän T'heonax eine wichtige Botschaft zu überbringen, die keinen Aufschub duldet.«

»Der Kapitän wacht an der Koje seines ehrwürdigen Vaters, Mylady. Ich wage es nicht —«

»Dann soll er Ihnen die Zähne ziehen lassen, wenn er davon erfährt, daß Rodonis sa Axallon eine neue Meuterei hätte verhindern können.«

Sie stürmte über das Deck und lehnte sich an die Reling, als wolle sie mit ihrem Ärger und dem Meer allein sein. Der Offizier keuchte. Das war wie ein Schweifschlag auf den Magen. »Mylady, sofort — warten Sie, warten Sie nur einen kleinen Augenblick. Posten! Wache! Paß auf Mylady auf.« Er rannte weg.

Rodonis wartete. Nun kam die eigentliche Bewährungsprobe.

Bis jetzt war es nicht schwierig gewesen. Die ganze Flotte war nervös; keiner der Offiziere hätte es gewagt, sie aufzuhalten, wenn sie von einer zweiten Meuterei sprach.

Die erste war schlimm genug gewesen. So etwas — eine richtige Revolte gegen das Orakel des Polarsterns — war seit mehr als hundert Jahren nicht mehr dagewesen, und noch dazu, wo die Flotte sich im Krieg befand! Die allgemeine Lesart, die von oben her sorgfältig gepflegt wurde, ging dahin, daß überhaupt nichts Ernsthaftes vorgefallen war. Alles nur ein bedauerliches Mißverständnis. Delps Leute, die unter falscher Führung standen, hätten aus Loyalität zu ihrem Kapitän diesen hoffnungslosen Kampf gekämpft.

Rodonis erinnerte sich an die Unterredung, die sie vor Tagen mit Syranax gehabt hatte. Heute waren ihre Tränen getrocknet, aber die Erinnerung an damals schmerzte nicht weniger.

»Es tut mir leid, Mylady«, hatte er gesagt, »wirklich, es tut mir leid. Ihr Gatte ist provoziert worden, und das Recht war eher auf seiner Seite als auf der von T'heonax. Ja, ich weiß sogar, daß es ein Streit war, der plötzlich losbrach und nicht vorher geplant war, nur ein Funke, der einen alten Groll zündete. Mein Sohn hat die Hauptschuld.«

»Dann soll doch auch Ihr Sohn dafür büßen!« hatte sie geschrien.

Sein hagerer alter Schädel hatte sich vor und zurückgeneigt. »Nein, er mag nicht gerade der Beste sein, aber er ist mein Sohn. Und er ist mein Erbe. Ich habe nicht mehr lange zu leben, und Kriegszeit ist nicht die richtige Zeit, um einen Streit über meinen Nachfolger auszutragen. Um der Flotte willen muß T'heonax mein Nachfolger werden, ohne daß irgend jemand Widerspruch erhebt, und deshalb muß sein Ruf makellos sein.«

»Aber warum kann Delp nicht auch freigelassen werden?«

»Beim Polarstern, wenn ich das nur verfügen könnte! Aber das ist nicht möglich. Jedem anderen kann ich Amnestie geben und werde das auch tun. Aber einer muß die Schuld tragen und für die Schmerzen büßen, die wir alle erlitten haben. Delp muß beschuldigt werden, eine Meuterei angezettelt zu haben, und auch dafür bestraft werden, damit dann später jeder sagen kann: ›Nun, wir haben gegeneinander gekämpft, aber das war alles seine Schuld, und jetzt können wir einander wieder vertrauen‹. Und jetzt gehen Sie bitte.«

Sie war gegangen.

Die Tage vergingen, dann kam die Verhandlung gegen Delp, eine Farce von Anfang bis zum Ende, der Urteilsspruch und dann das schreckliche Warten auf seine Vollstreckung. Der Angriff der Lannach'honai war wie ein kurzes Erwachen aus den Fieberträumen eines Kranken gewesen.

Drei Nächte später lag Admiral Syranax im Sterben. Wäre er nicht krank geworden, so wäre Delp schon lange ein verstümmelter Sklave gewesen, aber in dieser neuen Spannung wurde die Vollstreckung dieses so widerspruchsvollen Urteils noch einmal aufgeschoben.

Sobald T'heonax einmal die Admiralitätswürde innehatte, dachte Rodonis, würde es keinen weiteren Aufschub mehr geben. Es sei denn . . .

»Würden Sie mir bitte folgen, Mylady?«

Sie waren sehr höflich, diese Offiziere, die sie über das Deck in das Innere der Burg führten. Diener, die mit kleinen Laternen durch die fensterlosen Korridore huschten, starrten sie schreckerfüllt an. Irgendwie gelangten die geheimsten Dinge in Gerüchtform auf das Vorderkastell, so als hätten die Leute einen besonderen Sinn dafür.

Es war dunkel hier, und die Luft war muffig. Kein Laut durchbrach die Stille. Erst jetzt kam Rodonis zu Bewußtsein, daß sie in ihrem ganzen Leben das Geräusch der Wellen und das Ächzen der Balken nie hatte vermissen müssen. Ihre Schwingen spannten sich, sie wollte schreien und sich in die Lüfte erheben.

Aber sie ging weiter.

Man öffnete ihr eine Tür. Sie trat ein, und die Tür schloß sich hinter ihr mit einem dumpfen Geräusch. Sie befand sich in einem kleinen Raum mit dicken Teppichen und Fellen an den Wänden. Der Raum wurde vom Schein einer Anzahl Lichter erhellt. Die Luft war so dick, daß ihr fast schwindlig wurde. T'heonax lag auf einer Couch und sah sie an. Er spielte mit einem Erd'ho-Messer. Sonst war niemand anwesend.

»Setzen Sie sich«, sagte er.

Sie ließ sich auf ihrem Schweif nieder, und ihre Augen bohrten sich in die seinen, als wären sie Gleichgestellte, die miteinander sprechen.

»Was wollten Sie mir sagen?« fragte er schleppend.

»Lebt Ihr Vater, der Admiral, noch?«

»Ja, aber wohl nicht mehr lange, fürchte ich«, sagte er. »Aeak'ha wird ihn noch vor dem Mittag verzehren.« Seine Augen wanderten zur Decke. »Wie lange doch die Nacht ist!«

Rodonis wartete.

»Nun?« sagte er. Sein Kopf schnellte wie der einer Schlange zurück. Seine Stimme klang rauh. »Sie sagten etwas — von einer weiteren Meuterei?«

Rodonis setzte sich auf. »Ja«, antwortete sie mit eisiger Stimme. »Die Mannschaft meines Mannes hat ihren Kapitän noch nicht vergessen.«

»Das kann ich mir denken«, konterte T'heonax. »Aber ich glaube, ihnen ist inzwischen die Loyalität für die Admiralswürde eingebläut worden.«

»Loyalität für Admiral Syranax, ja«, sagte sie. »Aber an der hat es nie gefehlt. Sie wissen genauso gut wie ich, daß es gar keine Meuterei war — nur ein Aufruhr von Männern, die Sie nicht leiden können, die Sie hassen. Syranax haben sie immer bewundert, wenn nicht geliebt. Die wirkliche Meuterei aber wird sich gegen seinen Mörder richten.«

T'heonax sprang auf.

»Was meinen Sie damit?« brüllte er. »Wer ist ein Mörder?«

»Sie!« Rodonis stieß das Wort zwischen den Zähnen hervor. »Sie haben Ihren Vater vergiftet.«

Dann wartete sie, und die Zeit erschien ihr endlos. Sie wußte nicht, ob sie der Mann, der ihr gegenübersaß, auf der Stelle töten würde.

Und viel fehlte auch nicht daran. Er ließ erst von seinem Vorhaben ab, als sein Messer schon an ihrer Kehle saß. Seine Kiefer preßten sich zusammen, und er sprang auf seine Couch. Dort stand er auf allen vieren, mit gekrümmtem Rücken, hocherhobenem Schweif und zuckenden Schwingen.

»Nur weiter«, zischte er. »Lügen Sie nur weiter. Ich weiß genau, wie sehr Sie meine Familie hassen, und das alles nur wegen dieses wertlosen Mannes, den Sie geheiratet haben. Die ganze Flotte weiß es. Meinen Sie denn, daß man Ihnen glauben wird?«

»Ich habe Ihren Vater nie gehaßt«, sagte Rodonis mit zitternder Stimme, denn sie war gerade sehr nahe am Tod vorbeigegangen. »Er hat das Urteil über Delp gesprochen, ein Urteil, das ich für ungerecht hielt, aber immerhin, er hat es für die Flotte getan, und ich — ich habe selbst Offiziersblut in meinen Adern. Sie erinnern sich, am Tage nach dem Überfall habe ich ihn zu mir eingeladen, als Zeichen dafür, daß alle Drak'honai nun zusammenhalten müssen.«

»Ja, das haben Sie getan«, höhnte T'heonax. »Eine hübsche Geste. Ich weiß noch, wie die Gäste sich über das scharfgewürzte Essen unterhielten. Und das kleine Andenken, das Sie ihm gegeben haben, diese glänzende Scheibe aus den Kisten der Erd'ho. Rührend! Als ob die Sachen Ihnen gehörten. Alles, was sie zurückgelassen haben, gehört dem Admiral.«

»Nun, der fette Erd'ho hat es mir selbst geschenkt«, sagte Rodonis. Sie lenkte das Gespräch bewußt in andere Bahnen. »Er hat es von seinem Schiff gerettet, hat er gesagt. Er nannte es eine Münze, ein Handelsartikel bei seinen Leuten. Er sagte, diese Münze würde mich an ihn erinnern. Das war kurz nach dem Streit und kurz bevor er und seine Kameraden von der Gerunis auf das andere Floß gebracht wurden.«

»Das Geschenk eines Geizhalses«, sagte T'heonax. »Die Scheibe war ganz abgegriffen. Bah!« seine Muskeln spannten sich wieder. »Nur zu, klagen Sie mich ruhig weiter an, wenn Sie es wagen.«

»Ich bin nicht dumm«, sagte Rodonis. »Ich habe Briefe hinterlassen, die meine Freunde öffnen werden, wenn ich nicht zurückkomme. Aber sehen Sie doch den Tatsachen ins Auge, T'heonax. Sie sind ehrgeizig, und die meisten Leute sind bereit, von Ihnen das Schlimmste anzunehmen. Nach dem Tode Ihres Vaters werden Sie Admiral, also praktisch Eigentümer der Flotte. Wie lange haben Sie darauf gewartet! Und jetzt stirbt Ihr Vater an einer Krankheit, wie sie unsere Ärzte bisher nie gekannt haben. Ja, kein uns bekanntes Gift hat eine solche Wirkung. Nun ist aber vielen bekannt, daß es den Angreifern nicht gelungen ist, alle Lebensmittel der Erd'ho wegzutragen, vielmehr sind drei kleine Pakete zurückgeblieben. Die Erd'ho haben uns wiederholt und in aller Öffentlichkeit davor gewarnt, etwas von ihren Nahrungsmitteln zu essen. Und Sie hatten alle Sachen der Erd'ho in Verwahrung!«

T'heonax keuchte.

»Das ist eine Lüge!« schrie er. »Ich weiß nicht — ich habe nie — ich ... Niemand wird es glauben, daß ich meinen eigenen Vater vergiftet habe.«

»Ihnen werden sie es zutrauen«, sagte Rodonis kühl.

»Ich schwöre beim Polarstern.«

»Der Polarstern wird einer Flotte nicht gnädig sein, die von einem Vatermörder geleitet wird. Allein schon deswegen wird es eine Meuterei geben, T'heonax.«

Er warf ihr einen vernichtenden Blick zu und keuchte dann: »Was wollen Sie von mir?«

Rodonis sah ihn mit den eisigsten Augen an, die er je in seinem Leben gesehen hatte. »Ich werde die Briefe verbrennen«, sagte sie, »und ewig schweigen. Ich werde Sie sogar verteidigen, wenn irgend jemand auf die gleichen Gedanken kommen sollte wie ich. Aber Delp muß sofort und in jeder Beziehung Amnestie bekommen.«

T'heonax knurrte.

»Ich könnte Sie töten«, fauchte er. »Ich könnte Sie wegen Hochverrats einsperren lassen und jeden umbringen, der es wagte —«

»Vielleicht«, sagte Rodonis. »Aber ist es das wert? Vielleicht würden Sie die ganze Flotte entzweien, und wir alle wären eine leichte Beute für die Lannach'honai. Alles, worum ich bitte, ist, daß man mir meinen Mann wiedergibt.«

»Und dafür wollen Sie das Wohl und Wehe der ganzen Flotte aufs Spiel setzen?«

»Ja«, sagte sie.

Und nach einer kurzen Pause: »Sie verstehen das nicht. Ihr Männer macht Nationen und Kriege, erfindet Lieder und Wissenschaften und all die kleinen Dinge. Ihr glaubt, ihr seid das starke, praktische Geschlecht. Aber die Frau nimmt jedesmal wieder die Gefahr des Todes auf sich, um ein neues Leben zu gebären. Wir sind die Starken. Wir müssen es sein.«

T'heonax trat langsam zurück. Er zitterte.

»Ja«, flüsterte er schließlich, »ja, Sie sollen verdammt sein, aber Sie wollen ihn haben. Ich gebe Ihnen jetzt sofort eine Anweisung mit. Und sorgen Sie dafür, daß seine häßlichen Füße noch vor dem Morgengrauen mein Schiff verlassen. Haben Sie mich verstanden? Aber ich habe meinen Vater nicht vergiftet.« Seine Schwingen schlugen donnernd zusammen, bis er unter der Decke hing und von dort schrie: »Nein, ich habe es nicht getan.«

Rodonis wartete.

Und dann nahm sie das Schriftstück und ging in die Zelle, wo man die Fesseln durchschnitt, die Delp hyr Orikan festhielten. Er lag in ihren Armen und schluchzte. »Ich darf meine Schwingen behalten. Ich darf meine Schwingen behalten . . .«

Rodonis sa Axollon strich über seinen Kamm und flüsterte ihm tausend Dinge ins Ohr und sagte ihm, daß alles wieder gut sein würde, daß sie jetzt heimgingen, und sie weinte auch ein wenig, weil sie ihn liebte.

Aber sie wurde die Erinnerung daran nicht los, wie ihr der alte van Rijn die Münze gegeben hatte, sie dabei aber vor — wie hatte er gesagt? — Metallvergiftung gewarnt hatte. »Für euch sind Eisen, Kupfer und Zinn unbekannte Elemente. Ich bin kein Chemiker. Wenn ich einen Chemiker brauche, dann stelle ich einen ein, aber ich glaube, daß mir eine Schaufel Arsen weniger ausmachen würde als diese Münze einem eurer Kinder, wenn es versuchen sollte, seine Zähnchen daran zu wetzen.«

Und sie erinnerte sich, wie sie im Finsteren gesessen hatte und mit einem Stein mühsam Metallstaub von der Münze abgewetzt hatte, mit der sie dem unbeugsamen alten Admiral die Suppe gewürzt hatte.

Später überlegte sie, daß der Erd'ho eigentlich ihre Sprache gar nicht so gut hatte beherrschen dürfen. Schaudernd überlegte sie, daß er ihr das tödliche Geschenk absichtlich dagelassen hatte in der Hoffnung, daß es Unheil bringen würde. Aber wie genau hatte er vorhergesehen, was geschehen würde?

11

Guntra von Enklann trat ein. Eric Wace blickte müde auf. Hinter ihm sah er die Lannachska bei der Arbeit an der Mühle.

»Ja?« fragte er.

Guntra zeigte ihm einen breiten Schild, zwei Meter lang, eine leichte und doch kräftige Konstruktion aus Korbgeflecht auf einem Holzrahmen. Viele Zehntage lang hatte sie Hunderte von Frauen und Kindern dabei beaufsichtigt, wie sie die Weiden sammelten, trockneten, das Holzgestell zusammenbanden und schließlich den ganzen Schild zusammenbauten.

Aber jetzt klang die Freude über das Erreichte aus ihrer Stimme, als sie sagte: »Das ist der viertausendste, Ratsmann.« Das war nicht sein Titel, aber die Lannach'honai konnten sich jemand ohne Titel in der strengen Clan-Organisation kaum vorstellen. Wenn man bedachte, welche Macht diesen schwingenlosen Kreaturen in die krallenlosen Hände gegeben war, dann war es recht gut verständlich, daß man sie Ratsherr nannte.

»Gut.« Er nahm den Schild in die schwieligen Hände. »Gute Arbeit. Viertausend sind mehr als genug. Sie haben Ihre Arbeit gut gemacht, Guntra.«

»Danke.« Sie blickte suchend über die umgebaute Mühle hinaus. Man konnte sich nur schwer vorstellen, daß sie noch vor ganz kurzer Zeit einzig und allein zum Mahlen von Korn gedient hatte.

Angerek von Trakkan kam mit einem Holzstück. »Ratsherr«, fing er an, »ich . . .« Er unterbrach sich. Sein Blick war auf Guntra gefallen, die in ihren besten Jahren war und immer noch als hübsch galt.

Ihre Augen trafen sich. Er trat unbeholfen einen Schritt auf sie zu.

Guntra seufzte und wandte sich um. Sie flog weg. Angerek blickte ihr nach, dann warf er das Holz auf den Boden und fluchte.

»Was, zum Teufel, ist hier los?« fragte Wace.

Angerek schlug sich auf den Oberschenkel. »Geister«, murmelte er. »Es müssen Geister sein — die ruhelosen Geister aller Übeltäter, die je gelebt haben —, und sie haben die Drakska behext und wollen jetzt auch uns heimsuchen.«

Wieder kamen zwei Gestalten an und zeichneten sich dunkel vor der offenen Tür gegen den blassen Himmel des Frühsommers ab. Nicholas van Rijn und Tolk, der Herold, traten ein.

»Wie geht's denn, Junge?« dröhnte van Rijn. Er kaute ein Stück Zwiebel. Sein Gesicht war nicht so hager geworden wie das von Wace und Sandra. Aber schließlich, dachte Wace bitter, arbeitete der alte Fettsack auch nicht. Er strolchte bloß umher, unterhielt sich mit den Leuten und beklagte sich darüber, daß die Arbeit nicht schnell genug voranging.

»Langsam, Sir.« Der junge Mann verschluckte, was er sonst noch gern gesagt hätte. Du aufgedunsener Blutegel, du meinst wohl, ich will dich mit meiner Hände Arbeit heimschaffen und lasse mich dann mit einem Posten als Verwalter auf irgendeinem anderen Höllenplaneten abspeisen?

»Dann muß es eben beschleunigt werden«, sagte van Rijn. »Wir können nicht so lange warten, Sie und ich.«

Tolk sah Angerek fragend an. Der Handwerker zitterte immer noch und flüsterte Zaubersprüche. »Was fehlt denn?« fragte er.

»Das . . . ein Einfluß.« Angerek bedeckte seine Augen. »Herold«, stammelte er, »Guntra von Enklam war gerade hier, und einen Augenblick begehrten wir einander.«

Tolk blickte ihn ernst an, sagte aber dann, ohne ihn zu tadeln: »Das ist vielen schon so ergangen. Bezähme dich.«

»Aber was ist es, Herold? Eine Krankheit, eine Strafe der Götter? Was habe ich getan?«

»Diese unnatürlichen Regungen sind nicht unbekannt«, sagte Tolk. »Jeder von uns erlebt sie einmal. Aber man spricht natürlich nicht darüber, sondern unterdrückt sie.« Er runzelte die Stirn, was sein Gesicht wie das eines besorgten Arztes auf der Erde erscheinen ließ. »In letzter Zeit haben die Dinge allerdings überhand genommen, warum weiß ich nicht. Geh zurück an deine Arbeit und den Frauen aus dem Weg.«

Angerek holte tief Luft, hob sein Holz auf und stieß dann Wace an. »Ich wollte Sie um Rat fragen. Diese Form hier scheint mir nicht ganz die richtige.«

Tolk sah sich um. Er war gerade von einer Reise zurückgekehrt, die ihn über das ganze Gebiet seines Volkes geführt hatte, um den verstreuten Clans Neuigkeiten zu überbringen. »Hier ist viel Arbeit getan worden«, sagte er.

»Ja.« Van Rijn nickte selbstgefällig. »Mein junger Freund hier ist ein talentierter Ingenieur. Aber schließlich muß das ein Verwalter auf einem neuen Planeten auch sein.«

»Ich bin nicht genau über seine Pläne informiert.«

»*Meine* Pläne«, korrigierte ihn van Rijn etwas pikiert. »Ich habe ihm gesagt, er soll Waffen machen. Und alles, was er dann noch zu tun hat, ist, meine Anordnung zu befolgen.«

»Alles?« fragte Tolk trocken. Er sah sich eines der Geräte an. »Was ist das?«

»Ein repetierender Pfeilwerfer — ich nenne es Maschinengewehr. Sehen Sie, dieser Bolzen betätigt das Zahnrad. Die Pfeile werden der Waffe auf einem Riemen zugeführt — so — und schnell abgeschleudert: zwei oder drei in der Sekunde, wenn nicht mehr. Das Rad ist so gelagert, daß man es nach allen Seiten drehen kann. Eine uralte Idee, das Ganze, ich glaube Miller oder de Camp oder sonst jemand hat es zum erstenmal vor ein paar hundert Jahren gebaut. Aber in einer Schlacht möchte ich nicht gegen so ein Ding anrennen müssen.«

»Ausgezeichnet«, lobte Tolk. »Und das dort?«

»Wir nennen es eine Ballista. Es ist so etwas Ähnliches wie die Drak'ho-Katapulte, nur besser. Damit kann man große Steine schleudern, um eine Mauer zu brechen oder ein Schiff zu versenken. Und hier — ja!« Van Rijn nahm den Schild, den Guntra gebracht hatte. »Das ist vielleicht nach außen hin nicht so interessant und nicht so revolutionierend wie die anderen Sachen, aber ich glaube, daß es noch viel wichtiger für uns ist. Ein Soldat, der sich am Boden befindet, trägt einen auf dem Rücken.«

»Ja, ich sehe, wo es an den Harnisch angeschnallt wird. Damit wäre man vor Geschossen von oben sicher, wie? Aber der Soldat könnte damit nicht fliegen.«

»Ganz richtig!« polterte van Rijn. »Das ist ja der Jammer mit euch Diomedanern. Wie soll man denn einen Krieg mit Luftstreitkräften allein führen? Hier oben in Salmenbrok mühe ich mich Tag für Tag damit ab, diesen blöden Offizieren beizubringen, daß man mit der Infanterie Kriege gewinnt. Und dann müssen die Offiziere das ihren Leuten beibringen und mit ihnen üben. Zum Teufel, wir haben nicht genug Zeit! In ein paar Zehntagen soll ich etwas fertigbringen, wozu man normalerweise Jahre braucht!«

Tolk nickte fast gleichgültig. Selbst bei Trolwen hatte es einige Zeit gedauert, bis er sich der Ansicht angeschlossen hatte, daß es eine Truppe geben konnte, deren Hauptmacht ganz bewußt am Boden festgehalten wurde. Der Gedanke war für Diomedes völlig neu und fremdartig. Aber der Herold sagte nur: »Ja, das sehe ich ein. Die befestigten Städte sind es, von denen die Herrschaft über Lannach abhängt und zugleich die Herrschaft über die Landprovinzen, aus denen die Lebensmittel kommen. Und um diese Städte zurückzuerobern, müssen wir sie vom Land aus angreifen.«

»Sie sind ein kluger Kopf«, lobte van Rijn. »In der Geschichte der Erde haben einige Leute lange gebraucht, bis sie glaubten, daß eine Luftüberlegenheit allein noch keine Garantie für den Sieg ist.«

»Aber da sind immer noch die Feuerwaffen der Drakska«, sagte Tolk. »Was wollen Sie gegen die unternehmen? Meine ganze Aufgabe während der vergangenen Zehntage war es, die weiter außen wohnenden Clans dazu zu überreden, sich uns anzuschließen. Ich habe ihnen gesagt, daß wir nach Ihrer Meinung eine Chance gegen die Flammenwerfer hätten, ja, daß wir sogar selbst Flammenwerfer und Bomben haben würden. Ich hoffe, daß ich ihnen die Wahrheit gesagt habe.«

Er sah sich um. Die Mühle, aus der man eine Art Fabrik gemacht hatte, wimmelte von geflügelten Arbeitern. In der Nähe lieferte eine primitive Drehbank, die Wace etwas verbessert hatte, Speerschäfte und Tomahawkgriffe. Eine andere Maschine, eine Schleifscheibe, war ihm neu. Hier wurden Äxte und ähnliche Dinge hergestellt. Das Endprodukt war zwar nicht ganz so gut wie die handwerklich hergestellten Äxte, dafür lieferte die Maschine aber weit größere Mengen, als die Handwerker hätten herstellen können. Ein Hammer schlug Feuerstein- und Obsidianstücke ab, um Schneidflächen daraus zu fertigen, eine Kreissäge heulte, und eine Seilflechtmaschine drehte Taue schneller, als man mit den Augen folgen konnte. Alle diese Apparate bezogen ihre Kraft mittels Riementransmission von der großen Windmühle. Die ganze Anlage war primitiv und nicht sehr solide gebaut, aber trotzdem stellte sie das benötigte Kriegsmaterial schneller her, als die Streitkräfte von

Lannach es verbrauchen konnten, und so füllten sich auch die Magazine mit Waffen.

»Wirklich bemerkenswert«, sagte Tolk. »Man könnte Angst bekommen.«

»Das wird euer ganzes Leben verändern«, sagte van Rijn mit einer weit ausholenden Geste. »Aber nicht diese oder jene Maschine haben das Leben der Lannachska so verändert, daß es kein Zurück mehr gibt. Nein, die Grundidee ist es, die ich hier eingeführt habe: die Massenproduktion.«

»Aber die Feuerw . . .«

»Wace hat schon damit begonnen, Feuerwaffen herzustellen. Den Schwefel haben sie vom Mount Oborch geholt, und hier gibt es eine Anzahl Öltümpel, aus denen wir brennbare Cocktails zusammenmixen. Bisher konnten nur die Drak'ho destillieren und ihr nicht, aber jetzt werden wir selbst auch ein paar Molotow-Cocktails machen.«

Der Mensch runzelte die Stirn. »Aber eines dürfen Sie nicht vergessen, mein Freund. Wir haben nicht die Zeit, um eure Krieger so auszubilden, wie sie im Gebrauch dieser neuen Waffen ausgebildet sein müßten. Bald werde ich verhungern, und bald werden eure Frauen dicke Bäuche kriegen, und dann müssen Lebensmittel eingelagert werden.« Er seufzte pathetisch. »Aber ich werde schon lange tot sein, bevor bei euch die Not wirklich beginnt.«

»Nein, das ist nicht so«, sagte Tolk. »Es ist richtig, bis zur Zeit der Geburt ist fast noch ein halbes Jahr. Aber schon jetzt sind wir vom Hunger, der Kälte und der Sorge geschwächt. Wir haben viele Zeremonien versäumt —«

»Eure Zeremonien soll der Teufel holen!« fuhr van Rijn ihn an. »Ich sage, daß wir zuerst Ulwen erobern müssen, weil wir damit Duna Brae beherrschen, wo es die meisten Horntiere gibt. Wenn wir Ulwen haben, dann habt ihr genug zu essen und einen leicht zu verteidigenden Stützpunkt obendrein. Aber nein, Trolwen und der Rat sagen, wir müssen zuerst nach Mannenach, sollen Ulwen im Besitz der Feinde in unserem Rücken lassen und dann hinunter in die Bucht von Sagna gehen, wo uns ihre Flöße erwischen. Und warum? Damit ihr dort irgendeinen verdammten Ritus abhalten könnt!«

»Das verstehen Sie nicht«, sagte Tolk sanft. »Wir sind zu verschieden. Selbst ich, der ich zeit meines Lebens mit fremden Völkern zu tun gehabt habe, kann Sie nicht verstehen. Aber unser Leben ist der Jahreszyklus. Wir nehmen die alten Götter heute nicht mehr ganz so ernst — aber ihre Riten, das, was sich geziemt — das . . .« Er blickte zum Himmel empor, wo der Wind durch die Flügel der Mühle rauschte. »Nein, ich glaube nicht, daß die Geister unserer Ahnen bei Nacht dort dahinziehen. Aber ich glaube, daß ich, wenn ich den Hochsommer beim großen Ritus von Mannenach begrüße, wie es alle meine Vorfahren getan haben, solange es eine Herde gibt — daß ich dann die Herde selbst lebendig erhalte.«

»Bah!« Van Rijn kratzte sich mit einer schmutzigen Hand unter dem verfilzten Bart.

Der Morgen zog über den Berggipfeln im Norden herauf, wo eine Reihe von Vulkanen mit schwarzen Schwaden das Gesicht der Sonne verdeckten. Beide Monde gingen unter, jeder von ihnen ein kupferne Scheibe, etwa doppelt so groß wie Luna von der Erde aus gesehen. Ein kalter Windstoß ließ Wace zusammenschauern. Salmenbrok lag unter ihm.

Er hatte gerade die Leiter erreicht, die man eigens für ihn angefertigt hatte, damit er in seine enge Kammer im ersten Stock gelangen konnte, als Sandra hinter einem Turm hervortrat. Sie fuhr sich mit der Hand über das Gesicht. Wie sie sagte, konnte er durch das Heulen des Windes nicht verstehen.

Er ging zu ihr hin. Der Kies knirschte unter den plumpen Lederstiefeln, die ihm ein Lannachska-Schneider gemacht hatte. »Was sagten Sie, Mylady?«

»Oh . . . nichts, Freier Wace.« Ihre grünen Augen begegneten seinem Blick kühn und offen, aber er sah, wie sich ihre Wangen röteten. »Ich sagte nur . . . guten Morgen.«

»Guten Morgen.« Er rieb sich die Augen. »Ich habe Sie schon lange nicht mehr gesehen, Mylady. Wie geht es Ihnen?«

»Ich bin unruhig«, sagte sie. »Unglücklich. Wollen Sie sich ein wenig mit mir unterhalten?«

Sie ließen das Dorf hinter sich und folgten einem schmalen Pfad bergan. Hoch über ihnen kreisten ein paar Posten. Wace fühlte, wie sein Herz schneller schlug.

»Was haben Sie denn gemacht?« fragte er.

»Nichts, was einen Sinn hätte. Was kann ich denn tun?« Sie starrte ihre schmalen Hände an. »Ich versuche es, aber ich habe nicht die Fertigkeiten wie Sie als Ingenieur oder wie Freier van Rijn.«

»Der?« Wace zuckte mit den Schultern. Wahrscheinlich hatte der alte Bock jede Gelegenheit wahrgenommen, mit seinen Taten zu prahlen, als er untätig durch Salmenbrok streifte. »Es —« Er unterbrach sich und suchte nach Worten. »Es genügt mir, wenn Mylady bei mir sind.«

»Aber Freier!« Sie lachte amüsiert und gar nicht spröde. »Ich hätte nie gedacht, daß Sie so galant sein können.«

»Dazu hatte ich auch bisher wenig Gelegenheit, Mylady«, murmelte er, zu müde und zu geschwächt, um zu überlegen, was er sagte.

»Nein?« Sie sah ihn von der Seite an. Der Wind zauste ihr Haar, das zu Zöpfen geflochten war, und löste einige Strähnen. Sie hatte noch nicht hungern müssen, aber ihre Backenknochen standen deutlich hervor, auf einer Wange war Schmutz, und ihr Kleid war ein ungefüger Sack, von einem Schneider zusammengeflickt, der noch nie zuvor eine menschliche Gestalt gesehen hatte. Aber irgendwie schien sie ihm schöner als je zuvor.

»Nein«, brachte er zwischen müden Lippen hervor.

»Das verstehe ich nicht«, sagte sie.

»Entschuldigen Sie, Mylady. Ich habe laut gedacht. Das ist eine schlechte Angewohnheit, aber man eignet sie sich leicht auf diesen Pionierwelten an. Man sieht die gleichen Leute so oft, daß man schließlich anfängt, sie zu meiden. Und dazu kommt, daß wir immer zu wenig Personal haben, also müssen wir häufig in das unerforschte Land hinaus und kommen von dort wochenlang nicht zurück. Warum sage ich das alles? Ich weiß es nicht. Großer Gott, bin ich müde!«

Sie blieben auf dem Kamm stehen. Zu ihren Füßen war eine Klippe, die Hunderte von Metern zu einem schaumweißen Fluß in der Tiefe abfiel. Jenseits der Schlucht ragten unzählige Berge auf, ihre schneebedeckten Gipfel von der Morgensonne blutigrot gefärbt. Der Wind kam und schlug den Menschen ins Gesicht.

»Ja, ich verstehe. Jetzt wird es mir klar.« Sandra blickte ihn mit großen Augen an. »Sie haben Ihr ganzes Leben lang schwer arbeiten müssen. Sie hatten keine Zeit für die Annehmlichkeiten des Lebens, für Kultur und gute Manieren. Nicht?«

»Überhaupt keine Zeit, Mylady«, sagte er. »Als ich zwölf Jahre alt war, wurde ich Lehrling bei einem Pelzgroßhändler. Nach zwei Jahren hatte ich genug Beziehungen, um zum Pelztierfang nach

Rhiannon zu gehen. Ich habe mir selbst in meiner Freizeit einiges beigebracht. Was ich nicht wußte, behauptete ich zu wissen. So bekam ich schließlich einen besseren Job. Und so weiter und so fort. Hier stehe ich jetzt auf einem Berggipfel, und ganz Diomedes liegt unter mir. Und wie geht der Spaß jetzt weiter?«

Er schüttelte den Kopf und fragte sich, warum er sich hatte gehenlassen. Wenn man so erschöpft war, lebte man wie in einem Rausch. Aber es steckte mehr dahinter als einfach das Werben um Sympathie . . . wollte er vielleicht herausbekommen, ob sie ihn verstand? Ob sie ihn überhaupt verstehen konnte?

»Männer wie Sie kommen überall durch«, sagte sie ruhig.

»Vielleicht!«

»Was Sie hier schon alles geleistet haben, ist heroisch.« Sie blickte von ihm weg, hinauf zu den treibenden Wolken, die um die Spitze von Mount Oborch zogen. »Vielleicht waren die alten Herzöge von Hermes von Ihrem Schlag. Es wäre vielleicht gut, wenn wir wieder solche Männer hätten.« Plötzlich wandte sie sich um. »Genug. Ich glaube, wir gehen jetzt lieber zurück.«

Er folgte ihr, ohne auf den Weg zu achten.

12

Als die Lannachska zum Kampf bereit waren, riefen Tolks Pfeifer sie nach Salmenbrok, bis der Himmel von ihren Schwingen verdunkelt wurde. Dann schritt Trolwen durch ein Spalier von Kriegern auf van Rijn zu.

»Sicherlich zürnen die Götter uns«, sagte er bitter. »Um diese Jahreszeit herrschen fast immer kräftige Südwinde.« Er deutete auf den windstillen Himmel. »Wissen Sie einen Zauberspruch, mit dem man eine Flaute vertreibt?«

Der Kaufmann blickte etwas verärgert auf. Er saß an einem Tisch vor seiner aus Flechtwerk und Lehm bestehenden Hütte, die man ihm gebaut hatte, als er sich entschieden weigerte, über Leitern zu steigen oder in einer muffigen Höhle zu schlafen, und spielte mit Hauptmann Srygen Würfel. Das Spiel ging um die beryllähnlichen Steine, die hier als Geld dienten.

»Nun?« fuhr er ihn an. »Und warum brauchen Sie Wind um Ihren Schweif? . . . Ah, sieben! Nein, Hölle und Schwefel, hier ist sieben keine gute Zahl. Nun, versuchen wir es noch einmal.« Die drei Würfel rollten über den Tisch. »Hm, noch mal sieben.« Er heimste seinen Gewinn ein. »Doppelt oder nichts?«

»Die Geister sollen mit Ihnen würfeln!« Srygen stand auf. »Sie haben für meinen Geschmack schon zu oft gewonnen.«

Van Rijn sprang auf. »Verdammt, nehmen Sie das zurück, oder —«

»Ich habe nichts gesagt, was beleidigend wäre«, sagte Srygen kalt.

»Aber gemeint haben Sie es. Ich bin beleidigt!«

»Halt«, knurrte Trolwen. »Was glauben Sie denn, was das hier ist? Ein Jahrmarkt? Erd'ho, die Streitkräfte von Lannach sind nun auf diesen Hügeln versammelt. Wir können ihnen hier nicht lange Verpflegungen geben. Andererseits, mit unseren neuen Waffen auf den Schienenwagen können wir uns hier nicht von der Stelle bewegen, bevor nicht Südwind aufkommt. Was sollen wir tun?«

Van Rijn funkelte Srygen an. »Ich habe gesagt, daß ich beleidigt bin. Wenn ich beleidigt bin, kann ich nicht gut denken.«

»Ja«, sagte Srygen.

»Also«, sagte van Rijn und strich sich den Bart. »Um mir zu beweisen, daß Sie meine Ehrlichkeit nicht anzweifeln, wollen wir noch einmal werfen. Doppelt oder nichts.«

Srygen nahm die Würfel und warf sie. »Ah, Sie haben sechs«, sagte van Rijn. »Gar nicht so einfach. Ich fürchte, ich habe schon verloren. Es ist gar nicht leicht, ein armer, alter Mann zu sein, hungrig und müde und fern der Heimat und ohne meine Siamkatzen, die das einzige auf der ganzen Welt sind, was ich außer meinem Geld noch liebe. Ta-tum-ta-tum-ta-tum ... Eine zwei, eine drei, eine drei! Ja, ja, ja.«

»Die Transportfrage!« sagte Trolwen, der sich nur mühsam beherrschen konnte. »Die neuen Waffen sind für unsere Träger zu schwer. Sie müssen also mit dem Zug befördert werden. Wie bekommen wir sie ohne Wind nach Sagna Bay?«

»Ganz einfach«, sagte van Rijn und zählte dabei immer noch seinen Gewinn. »Bindet eben Seile an die Wagen, bis ein guter Wind kommt, und alle diese tüchtigen jungen Burschen sollen ziehen.«

Srygen konnte nicht mehr länger zuhören. »Ein freier Mann soll einen Wagen ziehen wie ein ... wie ein Draka?« Er faßte sich wieder und fügte hinzu: »Das geht doch nicht.«

»Manchmal«, sagte van Rijn, »muß man so etwas tun.«

Er nahm seine Steine, ließ sie in einen Beutel fallen und ging zum Brunnen. »Sie haben doch sicherlich Disziplin in der Herde?«

»O ja, ich denke schon —« Trolwens Blicke schweiften über die geflügelte Schar. »Aber Arbeit dieser Art wurde immer schon — lange bevor die Drakska kamen — hier für — äh — pervers gehalten. Es ist nicht direkt verboten, aber man tut so etwas nicht ohne zwingende Notwendigkeit. Arbeit in der Öffentlichkeit — nein!«

Van Rijn zog am Brunnenseil. »Warum nicht? Die Drak'honai verrichten alle möglichen Arbeiten und predigen noch von der Würde der Arbeit, bis man den Sermon nicht mehr hören kann. Sie brauchen die Arbeit; bei ihrer Lebensauffassung muß man einfach arbeiten. Aber bei euch? Warum muß man in Lannach nicht arbeiten?«

»Es schickt sich nicht«, sagte Srygen steif. »Es ist gerade, als wären wir Tiere.«

Van Rijn zog den Eimer an den Brunnenrand und nahm eine Flasche Erdbier heraus. »Ah, gut und kühl . . . hmm, wahrscheinlich zu kalt. In diesem verdammten Kaff gibt es ja nicht einmal Kühlboxen mit Thermostaten!« Er öffnete die Flasche an einem Stein und kostete. »Nun, es geht gerade. Ich habe viele Reisen gemacht und dabei immer festgestellt, daß die Sitten und Bräuche der Völker meist irgendeinen guten Grund haben. Vielleicht hat manche Rasse vergessen, warum eine Regel ursprünglich aufgestellt wurde, aber wenn die betreffende Regel keinen Sinn hat, wird sie wahrscheinlich nicht viele Jahrhunderte überdauern. Daraus folgt also, daß ihr andauernde harte Arbeit, mit Ausnahme der Wanderungen, nicht mögt, weil sie aus irgendeinem Grund nicht gut für euch ist. Und doch macht es den Drak'honai nichts aus. Paradox!«

»Wundern Sie sich soviel Sie wollen über diese Gesetzesbrecher«, knurrte Trolwen. »Ihre Idee war es doch, daß wir alle diese neumodischen Geräte anfertigten, anstatt zu kämpfen, wie unsere Männer immer gekämpft haben. Wie kommen wir nun ins Tiefland, ohne unsere Armee zu demoralisieren?«

»Ach, das macht Ihnen Sorgen!« Van Rijn zuckte mit den Schultern. »Gibt es bei euch Sport, Wettkämpfe oder so etwas?«

»Natürlich.«

»Nun, dann erklären Sie, daß diese Wagen unbedingt mitgenommen werden müssen, und, wenn es auch nicht nötig ist, daß wir sofort abfahren —«

»Aber es ist doch notwendig. Wenn wir nicht abfahren, dann verhungern wir!«

»Mein lieber junger Freund«, sagte van Rijn geduldig. »Es ist ganz offensichtlich, daß Sie in der Politik noch viel zu lernen haben. Ihr Lannachska versteht nicht viel vom Lügen, weil ihr nicht heiratet. Sie sollen den Soldaten befehlen, habe ich gesagt, daß wir natürlich auf den Südwind warten können. Sie wüßten aber, daß sie gern mit dem Feind in Berührung kommen wollen und laden sie deshalb zu einem kleinen Wettkampf ein. Jeder Clan soll soundsoviel Wagen hinunterziehen, und wir stellen fest, wie lange jeder braucht. Die beste Partei bekommt einen Preis.«

»Ich will verdammt sein«, sagte Srygen.

Trolwen nickte eifrig. »Das ist genau das, was sich mit der Tradition eines Clans verträgt.«

»Sie sehen«, erklärte van Rijn, »das nennt man bei uns auf der Erde Semantik. Ich bin alt und kurzatmig und kann deshalb Wettkämpfen ohne Vorurteil zusehen. Ich weiß, daß ein Spiel harte Arbeit ist, die man eigentlich nicht tun muß.«

Er rülpste, öffnete wieder eine Flasche Bier und zog eine halbe Wurst aus der Tasche. Die Vorräte würden nicht mehr lange reichen.

13

Als die Expedition die Nebelberge hinter sich gelassen hatte, erhob sich in ihrem Rücken der Wind. Die hundert Krieger, die an jeden Schienenwagen gebunden waren, blieben stehen und warteten auf die Zeitnehmer, deren Stundengläser feststellten, wer gewonnen hatte.

»Aber sie sind doch sicherlich nicht alle so dumm«, sagte Sandra.

»O nein«, antwortete Wace. »Aber diejenigen, die klug genug waren, um die Lust von Old Nick zu kapieren, waren auch schlau genug, um die Notwendigkeit einzusehen, und haben deswegen den Mund gehalten.«

Er schauderte, als ein kalter Windstoß den Hügel herunterpfiff, und sah den Zuglenkern bei der Arbeit zu. Ein Zug bestand aus etwa dreißig kleinen Wagen, die mit Seilen aneinandergebunden waren, einer Lokomotive an der Spitze und einer weiteren in der Mitte. Diese Lokomotiven waren etwas solider gebaut, um zwei hohe Masten mit quadratischen Segeln tragen zu können. Mit einem Holz von fast metallischer Härte, einer Ölversorgung für die Radlager anstelle von Kugellagern und bei der sturmartigen Stärke der diomedanischen Winde war dieses System recht praktisch. Die Züge fuhren nicht sehr schnell, und man mußte oft warten, wenn eine Flaute eintrat, aber man war schließlich nicht an Fahrpläne gebunden.

»Es ist für Sie noch nicht zu spät, umzukehren, Mylady«, sagte Wace. »Ich besorge Ihnen ein paar Mann zur Bewachung.«

»Nein.« Sie legte ihre Hand auf den Bogen, den man eigens für sie gemacht hatte — kein Spielzeug, sondern ein Mordwerkzeug, wie sie es oft auf der *Jagd* in den Wäldern von Hermes in der Hand gehalten hatte. Sie hob den Kopf, und ihr silberblasses Haar fing die Strahlen der kupferfarbenen Sonne ein. »Hier stehen wir alle zusammen, oder wir gehen zugrunde. Als Herrscherin eines Planeten darf ich nicht zurückbleiben.«

Van Rijn räusperte sich. »Das ist der Jammer mit euch Aristokraten«, murmelte er. »Ich würde umkehren, wenn man mich hier nicht brauchte, um zu zeigen, daß ich Zutrauen zu meinen eigenen Plänen habe.«

»Haben Sie das?« fragte Wace skeptisch.

»Lassen Sie doch den Unsinn!« fuhr ihn van Rijn an. »Natürlich nicht.« Er stapfte zu dem Stabswagen zurück, den man ihm eigens gebaut hatte: er hatte wenigstens Wände, ein Dach und eine Schlafkoje. Der Wind pfiff durch die Felsenschlucht, und van Rijn ließ sich müde in sein Bett fallen. Oben kreisten die Geschwader von Lannach.

Wace und Sandra hatten jeder einen eigenen Wagen, aber sie hatte ihn gebeten, ihr in ihrem Wagen Gesellschaft zu leisten. »Verzeihen Sie mir, wenn ich alles so dramatisiere, Eric, aber vielleicht müssen wir sterben, und das ist sehr einsam, wenn man nicht die Hand eines anderen Menschen halten kann.« Sie lachte ein wenig. »Oder wir können wenigstens reden.«

»Ich fürchte —« Er räusperte sich, als könnte er dadurch den Kloß loswerden, der in seiner Kehle saß. »Ich fürchte, Mylady, ich kann nicht so gut Konversation machen . . . wie Freier van Rijn.«

»Oh«, lächelte sie, »genau das habe ich gemeint. Ich habe gesagt, wir können reden, nicht er.«

Und trotzdem wurde sie genauso schweigsam wie er, als die Züge sich in Bewegung setzten.

Da sie keine Uhren hatten, konnten sie kaum schätzen, wie lange die Reise dauerte. Der Hochsommer war in Lannach eingezogen. Alle zwölfeinhalb Stunden berührte die Sonne den Horizont im Nordwesten, aber richtiges Licht konnte man das nicht mehr nennen. Wace sah zu, wie sie Kilometer um Kilometer zurücklegten. Er aß, schlief, unterhielt sich manchmal mit Sandra oder dem jungen Angerek, der ihnen als Adjutant zugeteilt war, und das weite Land wurde immer flacher, und die Täler, Wälder und das Meer kamen näher.

Hin und wieder hielten eine Flaute oder Gegenwind die Karawane auf. Die Soldaten waren nervös und unruhig. Sie waren gewöhnt, in einem Tag von den Bergen bis zur Küste zu fliegen und nicht auf dieser Schienenbahn dahinzukriechen. Es ließ sich natürlich auch nicht vermeiden, daß die Späher der Drak'honai sie von oben ausmachten, und so schwamm eine Abteilung Flöße mit Verstärkung in die Bucht Sagna. Hin und wieder kam es auch zu kleinen Flankengefechten. Und immer noch krochen die Züge weiter.

Tatsächlich drehte sich Diomedes zwischen der Abreise von Salmenbrok und der Schlacht von Mannenach achtmal um seine Achse.

Die Hafenstadt lag an der Küste der Bucht, geschützt von den umgebenden Hügeln. Es war eine grimmig anmutende Ansammlung von Steintürmen, die untereinander wie üblich mit Tunnels und gedeckten Brücken verbunden waren. Über diese Türme ragten ein halbes Dutzend großer Windmühlen hinaus. Vor der Stadt lag ein kleiner Hafendamm, den die Drak'honai etwas ausgebaut hatten. Draußen auf dem dunklen Wasser schaukelten etwa drei Dutzend feindliche Schiffe.

Als sein Zug zum Halten kam, sprang Wace aus Sandras Wagen. Im Augenblick gab es noch keine Gefechte: von Mannenach waren nur ein paar spitze Dächer zu sehen, die über die Grashalme hinausragten. Und selbst gegen den Wind hörte er das Rauschen der Schwingen, als die Drak'honai sich wie ein fleischgewordener Tornado in die Lüfte erhoben. Aber der Himmel über ihm war schwarz von den Lannachska, und der Feind wagte es noch nicht, anzugreifen.

Sein Herz schlug wie wild, und seine Kehle war zu trocken, als daß er ein Wort hätte sprechen können. Er sah Sandra, die neben ihm stand, wie durch einen Schleier. Eine Leibwache von Diomedanern unter Angereks Führung schloß sich um sie.

Das Mädchen lächelte. »Das macht es doch irgendwie leichter«, sagte sie. »Jetzt brauchen wir nicht mehr herumzusitzen und uns Sorgen zu machen, jetzt müssen wir nur mehr unser Bestes tun, nicht?«

»Wirklich nicht!« keuchte van Rijn, der auf sie zustapfte. Wie die anderen Menschen hatte auch er sich einen schlechtsitzenden Küraß und einen Helm aus mehrschichtigem Leder besorgt. Aber er hatte zwei komplette Rüstungen, eine über der anderen, außerdem trug er am linken Arm einen Schild und hatte zwei Kriegern befohlen, einen weiteren Schild wie ein Dach über ihn zu halten. Im Gürtel trug er einen Tomahawk und eine ganze Anzahl Steindolche. »Ich werde versuchen, mich aus der Sache herauszuhalten. Geht ruhig hin und kämpft. Ich werde hinten sein — so weit hinten, wie die Heiligen mir gestatten.«

Wace fand die Sprache wieder und sagte bissig: »Ich habe mir schon oft überlegt, wieviel weniger Kriege es geben würde, wenn man die primitive Sitte wieder einführte, daß die Generale an den Schlachten teilnehmen müßten.«

»Bah! Lächerlich! Dann gäbe es genauso viele Kriege, nur andere Generäle, nämlich solche mit mehr Muskeln als Hirn. Ich glaube, daß Feiglinge die besten Strategen sind, oder ich will verdammt sein. Jedenfalls bleibe ich in meinem Wagen.« Er stakste schimpfend davon.

Trolwens neues Artilleriekorps lud in Windeseile die Geschütze aus dem Zug und baute sie auf, während Streifen und Patrouillen über ihren Köpfen schwebten. Wace fluchte — das war etwas, wovon er auch was verstand — und rannte zu einer Gruppe von Soldaten. »Heh, ihr dort! Weg da! Was macht ihr denn? Hier, du und du und du, ihr geht in den Wagen und macht die Lafette los.« Nach einer Weile merkte er gar nichts mehr von den Scharmützeln, die um ihn herum tobten.

Die Garnison von Mannenach und die auf dem Seewege angekommenen Verstärkungen schickten nun einige Geschwader vor, die kurz mit den Lannachska plänkelten und sich dann wieder in die Stadt zurückzogen. Die Drak'ho-Truppen waren in der Minderzahl. Trolwens Überlegungen, daß kein Admiral es wagen würde, die Hauptflotte ohne Verteidiger zu lassen, solange Lannachs Macht noch ungebrochen war, hatte sich als richtig erwiesen. Hinzu kam noch, daß die Seeleute nichts Rechtes mit der seltsamen Angriffstaktik, die sie in dieser Form noch nie erlebt hatten, anzufangen wußten.

Die Hälfte der Lannachska-Streitmacht befand sich auf dem Boden, geschützt von dachartigen Schildern, die es ihnen nicht einmal erlaubten, zu fliegen. So etwas war in der ganzen Geschichte noch nicht dagewesen.

Im Laufe einer Stunde kam es schließlich zum Kampf zwischen den beiden Horden. Immer wieder stießen die Drak'honai, die die absolute Luftüberlegenheit hatten, durch die Reihen von Trolwens Fliegern. Aber mit Hilfe des Pfeiferkorps schlossen sich die Lufttruppen immer wieder zusammen. Und es hatte wenig Sinn, die Infanterie der Lannachska anzugreifen; denn diese schwerfälligen Schilde ließen weder Geschosse noch Steine durch, und Angriffe von oben wurden einfach ignoriert.

Die Pfeile schwirrten dicht, als Wace sein letztes Feldstück aufgestellt hatte. Er nickte einem Pfeifer zu, der sofort loszog, um Trolwen Meldung zu machen. Dieser schwebte in einer Thermik weit über dem Schlachtgetümmel, und als ihn der Bote erreichte, löste sich eine ganze Schar von Boten aus dieser Wolke von Streitern. Banner wurden entfaltet, und Kriegsrufe tönten durch die Lüfte, das Kommando zum Angriff war gegeben!

Wenn ihn auch die Wächter Angereks umgaben, war sich Wace doch bewußt, daß er sich an der Front einer Armee befand. Sandra ging neben ihm. Zu beiden Seiten erstreckten sich die speerbewehrten Flanken der Drachengestalten von Lannach.

Die Offiziere der Drak'ho merkten bald, was im Gange war, und schrien erstaunt.

Diese Bodentruppen, denen man von oben nichts anhaben konnte und denen sich unten niemand entgegenstellte, strömten einfach über den Hügel auf Mannenachs Mauern zu, wobei sie ihre Belagerungsmaschinen vor sich herschoben. Als sie am Ziel ankamen, begannen sie mit der Arbeit.

Die Drak'honai stürzten sich von oben auf Trolwen, dessen Flieger, die sie nur für einen Augenblick auseinandergetrieben hatten, ihre Reihen sofort wieder schlossen. Inzwischen donnerten die Rammböcke gegen Mannenachs Mauern, während andere Abteilungen zu Fuß um die Stadt herumgingen und auf den Hafen zustrebten.

»Dort drüben! Und noch einmal!« Wace merkte plötzlich, daß er brüllte.

Irgend etwas brach durch das Chaos über ihm. Ein Lannachska stürzte mit einigen Pfeilen in der Brust zu Boden. Ein Drak'ho-Krieger mit der Luftpistole unter den Schwingen folgte ihm. Er kam im Tiefflug auf Wace zu. Einer von Angereks Leuten schlug mit dem Schwert nach ihm, verfehlte ihn aber und fiel unter einem Tomahawkschlag des Seemannes nieder.

Ohne zu wissen, was überhaupt geschehen war, sah Wace den Drak'ho vor sich. Er schlug mit seiner Steinaxt nach ihm. Ein Flügelschlag stieß ihn zu Boden. Er sprang auf und spuckte Blut, als der Drak'ho erneut anflog. Seine Hände waren leer! Plötzlich schrie der Drak'ho auf und griff nach einem Pfeil, der in seiner Kehle steckte. Er flatterte noch ein paarmal mit den Schwingen und fiel dann zu Boden.

Sandra legte einen neuen Pfeil auf die Sehne. »Ich habe ja gesagt, daß ich heute auch noch etwas ausrichten würde«, sagte sie.

»Ich —« Wace taumelte, als er sie ansah.

»Nur weiter. Helfen Sie ihnen beim Durchbruch. Ich passe schon auf.«

Ihr Gesicht war noch blasser als zuvor, aber das Grün ihrer Augen brannte wie Feuer.

Er drehte sich um und wandte sich wieder seinen Sappeuren zu. Daß die Rammböcke eine Fehlkonstruktion waren, hatte sich jetzt klar herausgestellt. Mit ihnen würde man noch ein Jahr gegen die Mauern anrennen können, ohne einen Stein von der Stelle zu rükken. Er zog daher die Bedienungsmannschaften ab und verstärkte die Einheiten in den Laufgräben. Mit einer genügenden Anzahl von Holzschaufeln — oder notfalls auch mit den bloßen Händen — würden sie bald auf einen Tunnel treffen.

Irgendwo in der Nähe erhob sich ein Geschrei, das den allgemeinen Lärm um ihn übertönte. Wace sprang auf das Gerüst eines der verlassenen Rammböcke und blickte über die Köpfe seiner Pioniere hinweg.

Eine Gruppe von Drak'honai hatten den Erdkampf aufgenommen. Sie waren zwar in dieser Taktik nicht geübt, andererseits hatten aber auch die Lannachska nur eine sehr lückenhafte Ausbildung. Und so trieben die Drak'honai allein durch den Elan ihres Angriffs ihre Gegner zurück. Von Trolwens luftigem Feldherrnhügel mußte das als häßliche Beule in der Frontlinie erscheinen.

Wo, zum Teufel, waren denn die Maschinengewehre?

Ja, dort kam eines auf einem kleinen Wagen angerattert. Zwei Lannachska drehten das Rad, ein dritter zielte und sorgte für laufende Munitionszufuhr. Bolzen spritzten um die Drak'honai. Ihre Formation brach zusammen, und sie stiegen wieder auf. Wace umarmte Sandra und tanzte mit ihr über das Schlachtfeld.

Dann brach die Hölle auf den Dächern über ihm los. Seine Leute hatten eine unterirdische Passage entdeckt und drängten in die Stadt. Der Feind floh vor ihnen, und ehe sie es sich versahen, hatten sie einen Turm eingenommen.

»Angerek!« keuchte Wace. »Bring mich dort hinauf!« Einer der Lannachska ließ ein Seil herunter, und Wace, mit Sandra dicht hinter ihm, kletterte hinauf. Als er oben auf den Zinnen stand, blickte er über die steinernen Dächer und die Windmühlen auf die Bucht hinunter. Trolwens Streitkräfte hatten die Hafenmole ohne besondere Schwierigkeiten eingenommen, aber nun kamen sie nicht weiter. Ein undurchdringlicher Hagel von Ölbomben, Katapultgeschossen und Feuerströmen von den vor Anker liegenden Flößen bildete ein unüberwindliches Hindernis. Ihre eigenen Waffen, die von ähnlicher Art waren, reichten nicht weit genug, um dem zu begegnen.

Sandra spähte mit zusammengekniffenen Augen auf das Meer hinaus und sagte dann: »Eric, sehen Sie die Flagge auf dem großen Schiff dort draußen?«

»Augenblick mal . . . ja. Ist das nicht die Flagge von unserem alten Busenfreund Delp?«

»Ja, das glaube ich auch. Ich bin zwar froh, daß er nicht für den Aufruhr bestraft worden ist, den wir angezettelt haben, aber es wäre mir doch lieber, wenn wir einen anderen Gegner als ausgerechnet ihn hätten.«

»Kann sein«, sagte Wace. »Aber hier gibt's zu tun. Wir haben nun einen Brückenkopf in der Stadt. Jetzt müssen wir eine Tür nach der anderen aufsprengen und die Feinde hinaustreiben. Sie bleiben hier!«

»Ich bleibe nicht hier!«

Wace gab Angerek ein Zeichen. »Kommandieren Sie eine Gruppe ab, um die Dame zu den Zügen zurückzubringen«, befahl er.

»Nein!« schrie Sandra.

Zuerst schimpfte sie, dann beugte sie sich plötzlich über ihn und murmelte ihm über das Heulen des Windes und die Kriegsrufe der Diomedaner ins Ohr: »Kommen Sie heil zurück, mein Freund.«

Wace führte seine Truppen in den Turm.

Nachher konnte er sich nicht mehr genau an den Kampf erinnern. Er wußte nur, daß er hart und blutig war und mit Äxten, Messern, Zähnen, Fäusten, Schwingen und Schweifen in den engen Tunnels und den höhlenartigen Räumen ausgetragen wurde. Er empfing Schläge und teilte welche aus, einmal lag er ein paar Minuten lang besinnungslos am Boden, und einmal führte er einen triumphierenden Durchbruchsangriff in einen Versammlungsraum. Er hatte weder Klauen noch Flügel noch einen Schweif, aber er war schwerer als die Diomedaner, und so genügte meist ein einziger Schlag, um einen Widersacher zu fällen.

Die Lannachska nahmen Mannenach ein, weil sie gut genug ausgebildet waren, um im Erdkampf bestehen zu können, oder weil sie den Begriff des Erdkampfes zumindest kannten, bei dem die Schwingen praktisch keine Rolle spielten, wenn man davon absah, daß sie auch als wertvolle Schlagwaffen eingesetzt werden konnten. Dieser Kampf war für die Instinkte der Diomedaner ebenso revolutionierend, ja ekelerregend, wie für einen Menschen ein Kampf mit den Zähnen und gebundenen Händen es gewesen wäre. Unvorbereitet, wie die Drak'honai waren, gaben sie Fersengeld und rannten wie die Ratten durch die Tunnels, um den Himmel zu erreichen, wo sie sich sicher fühlten.

»Ich glaube, jetzt haben wir es geschafft«, keuchte der Mensch.

»Und doch noch nicht ganz«, sagte Tolk. »Dort, die Bucht.«

Wace hielt sich an einem Geländer fest, um nicht hinunterzufallen.

Unten am Meer gab es keine Hafenmole und keine Schuppen mehr, alles war von einer riesigen schwarzen Rauchwolke eingehüllt. Aber die Flöße und Kanus der Drak'honai waren bis an das Land herangefahren und bildeten eine Landungsbrücke, und über diese zerrten die Seeleute Katapulte und Flammenwerfer, die sie von den Schiffen abmontiert hatten.

»Sie haben einen guten Kommandeur«, sagte Tolk. »Er hat zu schnell begriffen, daß unsere neuen Methoden auch ihre Schwächen haben.«

»Was — hat — Delp — vor?« flüsterte Wace.

»Bleiben Sie da und sehen Sie zu«, meinte der Herold. »Wir können jetzt nichts mehr machen.«

Die Drak'honai hatten immer noch die Überlegenheit in der Luft. Als Wace in den grauen, mit Regenwolken überzogenen Himmel hinaufblickte, sah er, wie sie langsam die Lannachska einschlossen.

»Sie sehen es«, sagte Tolk. »Es ist richtig, daß ihre Flieger nicht viel gegen unsere Fußtruppen ausrichten können, aber der feindliche Anführer hat kapiert, daß auch das Gegenteil zutrifft.«

Trolwen war ein zu guter Taktiker, um auf diese Weise einen Keil in seine Front treiben zu lassen. Seine Flieger zogen sich kämpfend zurück.

Auf dem Boden bauten die Seeleute unter dem Feuerschutz der Flöße ihre Artillerie auf. Sie hatten mehr Stücke als die Lannachska und waren auch bessere Schützen. Ein paar Infanterieangriffe, die gegen sie vorgetragen wurden, wurden blutig zurückgeschlagen.

»Maschinengewehre haben sie natürlich nicht«, sagte Tolk. »Aber leider haben wir auch nicht genug davon, um damit die Wende herbeizuführen.«

Wace wirbelte zu Angerek herum, der ihm gefolgt war. »Stehen Sie nicht hier herum!« brüllte er. »Los jetzt, wir müssen unsere Leute zusammenrufen und diese verdammten ... Doch, das geht schon, sage ich!«

»Theoretisch ja«, nickte Tolk. »Ich kann mir schon vorstellen, wie man sich unter Ausnützung jeder verfügbaren Deckung bis an die Katapulte heranarbeiten und die Bedienungsleute niederschlagen kann. Aber in der Praxis — nun, wir sind nicht so gut ausgebildet.«

»Was würden Sie denn tun?« stöhnte Wace.

»Wollen wir doch zuerst überlegen, was geschehen wird«, sagte Tolk. »Wir haben unsere Züge verloren; wenn sie nicht schon erobert sind, dann werden sie sicherlich bald in Flammen aufgehen. Also sind unsere Vorräte hin. Unsere Streitkräfte sind getrennt worden; die Flieger sind vertrieben, wir Bodenkämpfer sind hier. Trolwen kann sich nicht bis zu uns durchkämpfen, dazu hat er zu wenig Leute. Wir hier in Mannenach sind stärker als unsere augenblicklichen Gegner, wenigstens zahlenmäßig, aber ihrer Artillerie sind wir nicht gewachsen.

Um also den Kampf fortzusetzen, müssen wir alle unsere großen Schilde wegwerfen und all das andere neumodische Zeug und uns wieder auf unsere konventionellen Lufttaktiken verlegen. Die Infanterie ist für den normalen Kampf nicht ausgerüstet, wir haben zum Beispiel sehr wenig Bogenschützen. Delp braucht sich nur auf den Flößen hinter seinen Feuerwaffen zu verstecken, und wir werden trotz unserer größeren Zahl nicht in der Lage sein, ihm etwas anzuhaben. Und er hat uns hier ohne Nachschub und ohne Verpflegung in der Zange. All die Waffen, die Ihre Mühle hergestellt hat, liegen nutzlos oben in Salmenbrok. Und sicherlich kommt bald Verstärkung von der Flotte.

»Zur Hölle damit!« schrie Wace. »Wir haben immerhin die Stadt, oder? Und die können wir halten, bis die Drak'honai auf ihren Flößen verfaulen.«

»Und was sollen wir essen, während sie verfaulen?« fragte Tolk. »Erd'ho, Sie sind ein guter Ingenieur, aber kein Stratege. Tatsache ist, daß Delp unsere Streitkräfte getrennt und deshalb praktisch schon gewonnen hat. Ich schlage vor, daß wir unsere Verluste möglichst gering halten, solange wir noch können.«

Und dann bedeckte er plötzlich die Augen mit den Schwingen. Wace sah, daß der Herold alt geworden war.

14

Auf den Decks wurde getanzt, und die Lieder der Seeleute klangen über die Sagna Bay zu den Hügeln hinauf. Oben in den Segeln pfiff einer auf der Flöte die Melodie, tief unten dröhnte die große Trommel eines Aufsehers, nach deren Schlägen sonst die Ruder das Wasser peitschten, den stampfenden Takt.

Delp trat auf das Deck und blickte auf seine Leute hinunter.

»Sechzig Zehntage später wird es eine Menge Nachwuchs geben«, lachte er.

Rodonis hielt seine Hand. »Ich wollte . . . Manchmal wollte ich, wir könnten wie die dort sein.«

»Und im Vorderkastell wohnen?« fragte Delp trocken.

»Nun, natürlich das nicht . . .«

»Unsere Wohnung, die Diener und alle die hübschen Sachen haben ihren Preis«, sagte Delp. Seine Augen verengten sich. »Und jetzt werde ich von diesem Preis etwas entrichten müssen.«

Sein Schweif strich kurz über ihren Rücken, und dann schlug er mit den Schwingen und erhob sich in die Lüfte. Ein Dutzend bewaffneter Männer folgte ihm. Rodonis' Blicke verfolgten seinen Flug am Himmel.

Unter den zerstörten Mauern von Mannenach lagen die Flöße der Drak'honai Seite an Seite. Die Unordnung der Schlacht war noch nicht ganz beseitigt.

Delp zog mit langsamen Flügelschlägen über die ruhigen Wellen unter einem hohen, wolkenlosen Tageshimmel dahin. Die Drak'honai hatten diesmal noch gesiegt.

Eine Anzahl schneller Kanus trieb dahin. Die Standarte des Admirals hing müde an einem girlandengeschmückten Mast. T'heonax war auf Delps dringende Bitte hin gekommen und hatte ihn nicht gezwungen, zur Hauptflotte hinauszufliegen. Das konnte bedeuten, daß T'heonax bereit war, den alten Haß zu begraben. (Rodonis hatte ihrem Mann nichts von dem erzählt, was zwischen ihnen vorgefallen war, und er drängte sie auch nicht; daß sie aber seine Begnadigung auf irgendeine Weise von dem Thronerben erzwungen hatte, war selbstverständlich.) Mit größerer Wahrscheinlichkeit allerdings war der Admiral gekommen, um seinen Kapitän im Auge zu behalten, dem er nicht traute und der den Lauf der Dinge dadurch aus dem Gleichgewicht gebracht hatte, daß er einen großen Sieg errungen hatte, anstatt nur den Stützpunkt zu halten, wie man ihm befohlen hatte. Es war schon oft vorgekommen, daß Kommandeure, die sich solcher Erfolge rühmen konnten, die Rebellenflagge am Mast aufzogen und sich um die Admiralswürde bemühten.

Delp, der zwar T'heonax nicht respektierte, wohl aber sein Amt, ärgerte sich sehr über diese Unterstellung.

Er landete wie vorgeschrieben auf dem Ausleger und wartete, bis an Bord das Willkommenshorn geblasen wurde. Es dauerte länger, als nötig gewesen wäre. Verärgert flatterte Delp auf das Kanu hinüber und warf sich zu Boden.

»Erheben Sie sich«, sagte Theonax mit gleichgültiger Stimme. »Ich beglückwünsche Sie zu Ihrem Erfolg. Sie wollten eine Unterredung mit mir?« Er unterdrückte ein Gähnen. »Fangen Sie an.«

Delp blickte um sich auf die Gesichter der Offiziere, Krieger und Mannschaften. »Privat, mit den vertrautesten Ratgebern des Admirals, wenn es Ihnen so beliebt«, sagte er.

»Oh? Halten Sie das, was Sie zu sagen haben, für so wichtig?« T'heonax stieß einen jungen Aristokraten neben sich an und blinzelte.

Delp spreizte die Schwingen, erinnerte sich dann aber, wo er sich befand, und nickte. »Ja, Sir«, brachte er heraus.

»Nun gut.« T'heonax schlenderte auf seine Kabine zu.

Sie war groß genug für vier, aber nur T'heonax, Delp und der junge Favorit traten ein. Dieser legte sich zu Boden und schloß gelangweilt die Augen. »Wollen Sie sich nicht beraten lassen, Admiral?« fragte Delp.

T'heonax lächelte. »Dann wollen also nicht Sie mich beraten, Kapitän?«

Delp zählte in Gedanken bis zwanzig und sagte dann:

»Wie Sie wünschen, Herr Admiral. Ich habe mir Gedanken über unsere Strategie gemacht, und ich muß sagen, daß die Schlacht hier mir große Sorgen bereitet hat.«

»Ich wußte nicht, daß Sie Angst hatten.«

»Herr Admiral, ich . . . lassen wir das! Sir, es hat nicht viel gefehlt, und der Feind hätte uns geschlagen. Sie hatten die Stadt schon. Wir haben ein paar Waffen von ihnen erbeutet, die den unseren gleichwertig, ja in manchen Fällen sogar überlegen sind. Darunter auch ein paar Dinge, von denen ich noch nie etwas gesehen oder gehört habe. Alles das in ungeheuren Mengen, wenn man bedenkt, wie kurze Zeit ihnen nur zur Verfügung stand, um die Sachen herzustellen. Dann hatten sie diese furchtbare neue Taktik des Bodenkampfes — und zwar nicht als ein Ergebnis des Augenblicks wie bei uns, wenn wir ein feindliches Floß entern, sondern als Hauptstütze ihres Angriffes!

Der einzige Grund, warum wir sie überhaupt besiegen konnten, war, daß ihre Luft- und Bodentruppen nicht genügend gut aufeinander abgestimmt waren, und daß ihre ganze Armee nicht flexibel genug war. Sie hätten in der Lage sein müssen, auf Kommando ihre Schilde wegzuwerfen und in Geschwadern aufzusteigen.

Und ich glaube nicht, daß sie die gleichen Fehler noch einmal machen werden, wenn wir ihnen die Chance geben, den Versuch zu wiederholen.«

T'heonax polierte seine Nägel an seinem glatten Fell und sah sie dann kritisch an. »Ich kann Defätisten nicht leiden«, sagte er.

»Admiral, ich versuche nur, sie nicht zu unterschätzen. Es ist mit ziemlicher Sicherheit anzunehmen, daß sie diese neuen Ideen von den Erd'honai bekommen haben. Was wissen die Erd'honai noch?«

»Mmmm. Ja.« T'heonax hob den Kopf. Einen Augenblick war sein Blick unsicher. »Das stimmt. Was schlagen Sie vor?«

»Jetzt sind sie aus dem Gleichgewicht gebracht«, sagte Delp. »Ich bin überzeugt, daß der Mißerfolg sie demoralisiert hat. Und dann haben sie natürlich alle ihre schweren Waffen verloren. Wenn wir sie jetzt vernichtend schlagen, können wir den Krieg beenden. Wir müssen nur ihre ganze Armee entscheidend besiegen, dann müssen sie aufgeben und uns dieses Land überlassen oder wie die Insekten sterben, wenn ihre Geburtszeit kommt.«

»Ja.« T'heonax lächelte geschmeichelt. »Wie die Insekten. Wie schmutzige, ekelhafte Insekten. Wir werden sie nicht auswandern lassen, Kapitän.«

»Man sollte ihnen eine Chance geben«, protestierte Delp.

»Das ist eine politische Frage, Kapitän, die Sie wohl mir überlassen werden.«

»Äh . . . entschuldigen Sie bitte.« Und nach kurzer Pause: »Werden Sie dann, Admiral, das Gros unserer Truppen einem verläßlichen Offizier anvertrauen und ihm den Befehl geben, die Lannach'honai zu suchen?«

»Sie wissen nicht, wo sie sich aufhalten?«

»Sie können praktisch überall im Hochland sein, Sir. Das heißt, wir haben natürlich Gefangene gemacht, die wir zwingen können, uns dorthin zu führen. Unsere Spionage hat festgestellt, daß ihr Hauptquartier an einem Ort namens — äh — Psalmenbrox liegt. Aber sie können sich natürlich in die Berge zurückziehen.« Delp schauderte. Für ihn, dessen Welt einsame Inseln und der flache Horizont des Meeres war, lag in den steilen Bergen von Lannach ein Schrecken besonderer Art. »Dort finden sie natürlich unbeschränkt Deckung. Das wird kein leichter Feldzug werden.«

»Und wie wollen Sie ihn überhaupt organisieren?« fragte T'heonax böse. Er mochte es nicht, wenn man ihn bei einer Siegesfeier daran erinnerte, daß ihnen noch viele Mühen und Verluste bevorstanden.«

»Indem ich sie zwinge, sich uns in einem Entscheidungskampf zu stellen, Sir. Ich möchte die Hauptmacht unseres Heeres sowie ein paar eingeborene Führer nehmen und dort oben von Stadt zu Stadt ziehen. Ich will systematisch alles vernichten, was wir finden, die Wälder niederbrennen und das Wild erschießen. So können sie die großen Treibjagden nicht abhalten, die sie brauchen, um ihre Frauen und Kinder zu ernähren. Früher oder später, wahrscheinlich früher, werden sie alle waffenfähigen Männer sammeln müssen, um sich uns entgegenzustellen. Und dann werde ich sie vernichten.«

»Aha.« T'heonax nickte. Und dann sagte er grinsend: »Und wenn Sie vernichtet werden?«

»Das werde ich nicht.«

»Es steht geschrieben: der Polarstern scheint nicht einer Nation allein.«

»Admiral, Sie wissen, daß jeder Krieg ein Risiko mit sich bringt. Aber ich bin überzeugt, daß mein Plan ungefährlicher ist, als hier herumzusitzen und darauf zu warten, daß die Erd'honai eine neue Teufelei aushecken.«

T'heonax deutete mit ausgestrecktem Zeigefinger auf Delp.

»Aha! Haben Sie auch überlegt, daß ihre Nahrungsmittel bald zu Ende sein werden? Wir können in Ruhe auf sie warten, bis sie uns der Hunger in die Arme treibt.«

»Ich weiß nicht, ob —«

»Ruhe!« brüllte T'heonax.

Nach kurzer Pause fuhr er fort: »Vergessen Sie auch nicht, daß diese Expedition, die Sie da unternehmen wollen, praktisch alle Verteidiger von der Flotte abzieht? Und ohne die Flotte, ohne die Flöße, sind wir selbst am Ende.«

»Oh, fürchten Sie keinen Angriff, Sir —« meinte Delp eifrig, »die —«

»Fürchten!« T'heonax richtete sich auf. »Kapitän, es ist Hochverrat, auch nur anzudeuten, daß der Admiral ein . . . nicht völlig Herr der Lage ist.«

»Ich wollte nicht sagen —«

»Aber ich will keine Staatsaktion daraus machen«, fuhr T'heonax fort. »Sie können sich entweder in aller Form entschuldigen und um Gnade bitten, oder Sie machen, daß Sie fortkommen.«

Delp erhob sich. Seine Lippen entblößten die Reißzähne, und sein Instinkt, das Erbe einer Rasse von Jägern, riet ihm, dem anderen an die Kehle zu springen. T'heonax kauerte sich nieder, bereit, um

Hilfe zu rufen.

Und langsam überwand Delp den Impuls. Er wandte sich halb um, um zu gehen. Dann blieb er stehen.

»Nun?« lächelte T'heonax.

Wie eine schlechtlaufende Maschine ließ Delp sich auf den Bauch nieder. »Ich demütige mich«, murmelte er. »Ich erkläre, daß meine Väter die Sklaven Ihrer Väter waren. Wie ein Fisch im Netz jammere ich um Gnade.«

T'heonax freute sich. Die Tatsache, daß Delp in einer so hübschen Zwickmühle saß und sich einerseits demütigen mußte, andererseits doch der Flotte dienen wollte, machte seinen Triumph nur noch größer.

»Sehr gut, Kapitän«, sagte der Admiral, als die Zeremonie vorüber war. »Seien Sie mir dankbar, daß ich Sie das nicht in aller Öffentlichkeit tun ließ. Und jetzt möchte ich gern Ihre Begründung hören. Ich glaube, Sie sagten etwas vom Schutz der Flöße?«

»Ja, Sir. Ich sagte, die Flöße brauchen den Feind nicht zu fürchten.«

»Wirklich? Natürlich, sie liegen weit draußen auf dem Meer, aber nicht zu weit, um sie nicht in ein paar Stunden Flug zu erreichen. Was soll denn die Armee der Herde daran hindern, sich irgendwo in den Bergen, ohne Ihr Wissen, zu sammeln und dann die Flöße anzugreifen, bevor Sie uns zu Hilfe kommen können?«

»Ich wollte, daß sie das tun würden.« Delp sprach jetzt wieder mit etwas mehr Begeisterung. »Aber ich fürchte, daß ihre Anführer nicht so dumm sind. Seit wann . . . ich meine . . . in der ganzen Seegeschichte hat noch nie eine Flugstreitmacht ohne Unterstützung vom Wasser eine Flotte besiegen können, Sir. Sie kann bestenfalls, und das nur unter schweren Verlusten, ein oder zwei Flöße einnehmen . . . für kurze Zeit, wie zum Beispiel bei dem Angriff, als sie die Erd'honai entführten. Und dann kommen die anderen Schiffe und vertreiben sie wieder. Wissen Sie, Sir, Flieger können ja keine Kriegsmaschinen benützen, Katapulte und Flammenwerfer und so weiter, womit man aber allein eine Seemacht besiegen kann. Dagegen können die Mannschaften der Flöße in Deckung bleiben und nach oben schießen und einen Flieger nach dem anderen herunterholen.«

»Natürlich.« T'heonax nickte. »Das ist alles so offensichtlich, daß es Zeitvergeudung ist, darüber zu sprechen. Ihre Ansicht ist also, wenn ich Sie richtig verstanden habe, daß ein kleiner Kader von Wachen genügen würde, um einen Angriff der Lannachska, wie groß er auch sein mag, abzuwehren?«

»Und wenn wir Glück haben, sogar den Feind noch lange genug auf dem Meer festzuhalten, bis ich mit der Hauptstreitmacht komme. Aber, wie schon gesagt, Sir, sie werden vernünftig genug sein, um so etwas nicht zu versuchen.«

»Sie nehmen viel an, Kapitän«, murmelte T'heonax. »Sie nehmen nicht nur an, daß ich Ihnen erlauben werde, in die Berge zu gehen, sondern sogar, daß ich Ihnen das Kommando übertrage.«

Delp beugte den Kopf und ließ die Schwingen sinken. »Ich bitte um Entschuldigung, Sir.«

»Ich glaube . . . ja, ich glaube, es wäre am besten, wenn Sie mit Ihrer Flottille hier in Mannenach blieben.«

»Wie Sie befehlen, Admiral. Werden Sie meinen Plan trotzdem erwägen?«

»Aeak'ha soll Sie fressen!« knurrte T'heonax. »Ich kann Sie nicht leiden, Delp, wie Sie sehr wohl wissen, aber Ihr Plan ist gut, und Sie sind der beste Mann, um ihn auszuführen. Ich werde Ihnen das Kommando geben.« Delp stand starr und steif da.

»Und jetzt machen Sie, daß Sie hinauskommen«, sagte T'heonax. »Wir werden später eine offizielle Konferenz abhalten.«

»Ich danke Ihnen, Admiral —«

»Hinaus, habe ich gesagt!«

Als Delp gegangen war, wandte sich T'heonax an seinen Favoriten. »Sehen Sie mich nicht so betrübt an«, sagte er. »Ich weiß genau, was Sie denken. Dieser Bursche wird seinen Feldzug siegreich abschließen und noch beliebter werden, und eines Tages wird er sich Flausen in den Kopf setzen und versuchen, die Admiralswürde zu erlangen.«

»Ich frage mich nur, wie Sie dem entgegentreten wollen, Mylord«, sagte der Höfling.

»Ganz einfach.« T'heonax grinste. »Ich kenne solche Typen. Solange Krieg ist, besteht keine Gefahr, daß er rebelliert. Also soll er doch die Lannachska besiegen, wenn er Lust hat. Er wird dann die Überreste ihrer Streitkräfte verfolgen, um ganz sicher zu sein, daß er auch ganze Arbeit geleistet hat. Und dabei . . . ein Pfeil aus dem Hinterhalt . . . sehr bedauerlich. So etwas läßt sich leicht arrangieren. Ja.«

15

Die Atmosphäre trug die Staubteilchen, die die Kerne der Wasserkondensation sind, in eine größere Höhe und daher in eine kältere Region. Folglich hatte Diomedes mehr Wolken und Niederschläge als die Erde. In einer klaren Nacht sah man weniger Sterne, in einer bedeckten Nacht überhaupt keine.

Es brannten keine Lagerfeuer, denn alles Holz dieser Gegend war verbraucht worden. Und das Hinterland war von den Soldaten leergegessen worden, und weder Wild noch Beeren noch Würmer und Insekten waren den Hungernden verborgen geblieben. Und jetzt lebten in dieser trostlosen Dunkelheit nur mehr der Wind und die rauschenden Gletscherströme. Und der Mount Oborch stand unberührt da. Nur in seinem Inneren grollte es manchmal dumpf, als wolle er ein finsteres Orakel für die Zukunft geben.

Trolwen und Tolk flohen vor der Verzweiflung ihrer Häuptlinge und gingen über schmale, nebelige Pfade zu der Mühle, wo die Erd'ho arbeiteten.

Hier allein, schien es, existierte noch Leben. Die Feuer brannten immer noch, das Wasser drehte die Mühlen, da kein Wind ging, und überall herrschte ein reges Treiben, wo die Hämmer pochten und die Bohrer summten. Irgendwie hatte Nicholas van Rijn es fertiggebracht, den erbitterten Protest von Angereks Leuten niederzubrüllen, und so arbeitete die Fabrik wieder.

Wofür? fragte sich Trolwen.

Van Rijn selbst kam ihnen in der Tür entgegen. Er faltete die dicken Arme über der haarigen Brust und fragte: »Wie geht es euch, meine Freunde? Hier läuft alles gut, wir werden bald wieder eine ganze Menge Feldstücke fertig haben.«

»Und was nützen uns diese Feldstücke?« fragte Trolwen. »O ja, wir haben genug, um Salmenbrok fast uneinnehmbar zu machen. Wir können uns also hier oben eingraben und uns vom Feind umzingeln lassen, bis wir verhungert sind.«

»Sprechen Sie mit mir nicht vom Verhungern.« Van Rijn suchte in seiner Tasche und brachte ein trockenes Stück Käse zum Vorschein, das er traurig ansah. »Wenn man bedenkt, daß das vor nicht allzulanger Zeit ein fetter, köstlicher Schweizerkäse war, könnten einem die Tränen kommen. Und jetzt könnte man damit nicht einmal mehr eine Ratte aus ihrem Loch locken.« Er stopfte es in den

Mund und kaute geräuschvoll. »Für mich ist das Eßproblem noch viel schlimmer als für euch. Erstens: Wasser kocht hier bei einer sehr hohen Temperatur, also taugen die Köche hier nichts. Zweitens: haben mich eure Träger nur deshalb den weiten Weg von Mannenach hergebracht, damit ich hier verhungere?«

»Ich wollte, wir hätten Sie dort unten gelassen!« fuhr Trolwen auf.

»Nein«, sagte Tolk. »Er und seine Freunde haben sich sehr um uns bemüht, Herdenhäuptling.«

»Verzeihung«, sagte Trolwen zerknirscht. »Es ist nur . . . ich habe gerade erfahren . . . daß die Drak'honai Eiseldrae zerstört haben.«

»Eine leere Stadt.«

»Eine heilige Stadt. Und sie haben die Wälder um Eiseldrae in Brand gesteckt.« Trolwen krümmte den Rücken. »Das kann nicht so weitergehen! Bald wird das Land so verwüstet sein, daß wir nicht mehr hier leben können, selbst wenn wir doch noch siegen sollten.«

»Ich glaube, ihr könnt immer noch ein paar Wälder entbehren«, sagte van Rijn. »Dieses Land ist nicht überbevölkert.«

»Jetzt will ich Ihnen einmal etwas sagen«, meinte Trolwen mit rauher Stimme. »Ich bin bisher Ihrem Rat gefolgt. Ich gebe zu, daß Sie im Prinzip recht haben: wenn wir jetzt mit unserer ganzen Macht einen Angriff auf den Feind wagen, riskieren wir die totale Vernichtung. Aber wenn wir hier sitzenbleiben und nur hin und wieder Guerillaangriffe auf ihre Stützpunkte wagen, während sie unser ganzes Land vernichten — dann besiegeln wir unseren Untergang.«

»Wir haben Zeit gebraucht«, sagte van Rijn. »Zeit, um die neuen Feldstücke zu bauen, um dadurch unsere Verluste von Mannenach auszugleichen.«

»Warum? Wir können sie ohne Züge ja doch nicht transportieren. Und dieser mutterlose Delp hat die Schienen aufgerissen.«

»O doch, die neuen Feldstücke sind tragbar. Mein junger Freund Wace hat sie etwas umkonstruiert. Sie können jetzt ganz zerlegt werden, so daß sogar Frauen und Kinder Einzelteile befördern können. Wir können jetzt eine ganze Batterie durch die Luft mitführen.«

»Ich weiß. Sie haben das alles schon erklärt. Und ich wiederhole: gegen wen sollen wir sie einsetzen? Wenn wir sie an irgendeinem Ort aufbauen, brauchen die Drak'honai diesen Ort nur zu meiden. Und wir können nicht lange an einer Stelle bleiben, weil wir sonst nichts mehr zu essen haben.«

Trolwen atmete tief. »Ich bin nicht hierhergekommen, Erd'ho, um mit Ihnen zu streiten. Ich habe Auftrag vom Generalrat von Lannach, Ihnen mitzuteilen, daß die Lebensmittel von Salmenbrok zu Ende sind und die Geduld unserer Armee auch. Wir müssen hinausgehen und kämpfen!«

»Das werden wir auch tun!« schrie van Rijn. »Kommen Sie, ich werde mit diesen hohlköpfigen Ratsherren reden.«

Er steckte den Kopf durch die Tür. »Wace, mein Junge, fangen Sie an, unsere Sachen einzupacken. Wir werden bald abreisen.«

»Ich habe Sie schon gehört«, sagte der Jüngere.

»Gut. Sie tun die Arbeit hier, und ich kümmere mich um die Politik, das ist doch eine hübsche Teilung.« Van Rijn rieb sich die Hände und schlurfte hinter Trolwen und Tolk hinaus.

Wace starrte ihm im Nebel nach. »Ja«, sagte er. »So war es bisher immer. Wir arbeiten, und er redet. Sehr gleichmäßig verteilt, wirklich.«

»Was meinen Sie?« Sandra hob den Kopf und blickte von ihrer Arbeit auf. Sie markierte Teile der Geschütze mit einem kleinen Pinselstrich. Ein Dutzend Frauen saß um sie herum und half ihr bei der Arbeit.

»Was ich gesagt habe. Ich frage mich nur immer, warum ich es ihm nicht ins Gesicht sage. Ich habe keine Angst vor diesem fetten Schmarotzer, und seinen dreckigen Gehaltsstreifen kann er sich meinetwegen auch an den Hut stecken.« Wace deutete auf die Mühle und sagte: »Tun Sie dies, tun Sie jenes, sagt er, und dann geht er wieder. Wenn ich denke, wie er Lebensmittel ißt, die man Ihnen geben könnte —«

»Sie verstehen das nicht?« Sie blickte ihn einen Augenblick starr an. »Nein, wahrscheinlich hatten Sie hier überhaupt keine Zeit, um nachzudenken. Und vorher hatten Sie eine untergeordnete Stellung und brauchten sich nie um die Kunst des Regierens zu kümmern, nicht?«

»Was meinen Sie?« Er sah sie mit müden Augen an.

»Vielleicht später. Jetzt müssen wir uns beeilen. Bald werden wir diese Stadt verlassen, und dann muß alles bereit sein.«

Dieses Mal hatte sie eine Beschäftigung gefunden, die sie nun seit den zehn oder fünfzehn Erdtagen verrichtete, die seit Mannenach vergangen waren. Van Rijn hatte verlangt, daß alles — auch das Kriegsmaterial, das sie glücklicherweise nicht mit in die Schlacht hatten nehmen können — so gebaut werden sollte, daß man es zerlegen und per Luft transportieren konnte. Also mußte einiges umkonstruiert werden, so daß man auch die größeren Holzteile in kleinere Einheiten zerlegen konnte, die man erst beim Aufbau wieder vereinte. Das würde natürlich am Ende der Reise ein fürchterliches Chaos geben, wenn man kein System hatte, um zusammengehörende Teile zu identifizieren. Sandra hatte die Merkzeichen entworfen und war mit der Aufgabe betraut worden, sie aufzumalen.

Weder sie noch Wace hatten viel Zeit für Schlaf gefunden. Sie hatten sich nicht einmal die Zeit genommen, zu überlegen, welchen Nutzen ihre Arbeit haben würde.

»Old Nick hat gesagt, daß wir die Flotte selbst angreifen wollen«, murmelte Wace. »Ist er verrückt geworden? Sollen wir vielleicht auf dem Wasser niedergehen und dort unsere Katapulte zusammenbauen?«

»Vielleicht«, sagte Sandra gleichgültig. »Ich mache mir jetzt keine Sorgen mehr. Bald wird sich alles entscheiden. Wir haben nur mehr für vier Erdwochen Lebensmittel.«

»Wir halten es mindestens zwei Monate überhaupt ohne Essen aus«, sagte er.

»Aber wir werden schwach sein.« Sie senkte ihren Blick. »Eric —«

»Ja?« Er trat von seiner windmühlenbetriebenen Obsidiankreissäge zurück und sah sie fragend an. Das schwache Licht der Dämmerung fing sich in den Tautropfen in ihrem Haar und ließ sie wie Edelsteine glänzen.

»Bald — was ich tue, wird darauf überhaupt keinen Einfluß haben — wird es schwere Arbeit geben, Arbeit, die mehr Kraft und mehr Fertigkeit erfordern wird, als ich sie habe . . . vielleicht sogar Kampf, und da bin ich nur ein Bogen mehr, und noch dazu kein besonders starker.« Ihre Nägel wurden weiß, so fest hatte sie den Pinsel gepackt. »Und wenn es so weit kommt, werde ich nicht mehr essen. Sie und Nicholas sollen meinen Anteil haben.«

»Reden Sie doch keinen Unsinn«, sagte er heiser.

Sie setzte sich gerade hin, wandte den Kopf ein wenig zur Seite und blickte ihn wütend an. Ihre blassen Wangen röteten sich. »Reden lieber Sie keinen Unsinn, Eric Wace!« fuhr sie ihn an. »Wenn ich Ihnen nur eine einzige Woche verschaffen kann, in der Sie stark sind, wo der Hunger Sie nicht daran hindert, klar zu denken, dann werde ich mich selbst dadurch retten können. Vielleicht — und wenn nicht, dann habe ich auch nur zwei Wochen verloren, die keinen Wert für mich haben. Und jetzt gehen Sie wieder an Ihre Maschine.«

Er sah ihr eine Weile zu, und sein Herz schlug schneller. Dann nickte er und ging wieder an seine Arbeit.

Van Rijn stolperte fluchend den schmalen Pfad zu einer mit kurzem Gras bestandenen Mulde hinunter, wo sich der Rat auf den Klippen versammelt hatte.

»Im Namen des Allweisen haben wir uns hier versammelt«, sagte der Kommandeur förmlich. »Mögen die Sonne und die Monde unseren Verstand erleuchten. Mögen die Geister unserer Großmütter uns leiten. Möge ich nicht denen, die vor mir flogen, noch denen, die nach mir kommen, Schande machen.« Seine Rede lockerte sich ein wenig. »Nun, meine Herren, es ist beschlossen, daß wir nicht länger hier bleiben können. Ich habe den Erd'ho gebracht, damit er uns beraten mag. Würde ihm bitte einer der Anwesenden die Möglichkeiten erklären, die wir jetzt noch haben?«

Ein hagerer alter Lannach mit ärgerlichem Blick hüllte sich in seine Schwingen und stieß hervor: »Zuerst einmal, Herdenhäuptling, wozu ist er überhaupt hier?«

»Weil der Kommandeur ihn eingeladen hat«, sagte Tolk diplomatisch.

»Ich meine, Herold, Sie brauchen mir nicht das Wort im Mund umzudrehen. Sie wissen genau, was ich denke. Die Expedition nach Mannenach wurde auf sein Drängen hin unternommen. Sie hat uns die schlimmste Niederlage in unserer ganzen Geschichte eingebracht. Und seit damals hat er darauf bestanden, daß das Gros unserer Truppen hierbleiben sollte, während der Feind Gelegenheit hatte, das Land zu verwüsten. Ich sehe nicht ein, warum wir seinen Rat hören sollten.«

Trolwens Blick war besorgt. »Hat sonst noch jemand etwas vorzubringen?« fragte er mit sehr leiser Stimme.

Ein erbostes Murmeln ging durch die Reihen. »Ja — ja — ja — er soll sich verantworten, wenn er kann.«

Van Rijn lief rot wie ein Puter an.

»Der Erd'ho ist im Rat angegriffen worden«, sagte Trolwen.

»Will er sich verteidigen?«

Er setzte sich hin und wartete wie die anderen.

Und da explodierte van Rijn.

»Pest und Schwefel! Zehn Millionen Teufel in der Hölle! Wie lange soll ich mich denn noch mit so idiotischen, undankbaren Hohlköpfen herumärgern?« Er raufte sich das Haar und schlug wild mit den Fäusten in der Luft herum. »Satan und Schwefel! Das ist doch nicht auszuhalten! Wenn ihr alle so darauf brennt, euch umbringen zu lassen, warum muß ich euch dann immer wieder am Gängelband führen? Perbacco, wenn ihr mich noch einmal beleidigt, dann hat euer letztes Stündlein geschlagen!« Er setzte seine Fettmassen in Bewegung und ging wie eine ins Laufen gekommene Lawine auf die Lannachska los, wobei er unaufhörlich weiterbrüllte. Die Ratsherren, die ihm am nächsten saßen, duckten sich ängstlich.

»Erd'ho — Sir — bitte!« flüsterte Trolwen.

Als er sie genügend eingeschüchtert hatte, sagte van Rijn kühl: »Na schön, ich will Ihnen was sagen. Ich gebe gute Ratschläge, und Sie sind zu dumm, sie richtig zu befolgen, und dann geben Sie mir die Schuld, wenn etwas schiefgeht. Aber ich bin ein geduldiger alter Mann, nicht wie früher, als ich noch jung und voll Feuer war. Nein, heute dulde ich mit christlicher Langmut und gebe weiterhin gute Ratschläge.

Ich habe euch immer und immer gewarnt, Mannenach nicht zuerst anzugreifen. Ich habe gleich gesagt, die Flöße können bis an die Stadtmauern heranfahren, und die Flöße sind das Rückgrat und die Stärke der Flotte. Ich bin vor euch auf diese armen alten Knie gefallen und habe gebettelt, zuerst die wichtigen Städte im Hochland einzunehmen, aber nein, niemand hat auf mich gehört. Oh, wenn ich Flügel hätte wie ein Engel, ich hätte euch selbst geführt. Beim heiligen Nikolaus, ich würde jetzt auf dem Großmast des Admirals sitzen und krähen, oder der Teufel soll mich holen! Deshalb werdet ihr in Zukunft meine Ratschläge befolgen. Jetzt werdet ihr meine Befehle bekommen und sonst gar nichts! Keine Widerrede mehr, oder ich sage mich von euch los und gehe allein nach Hause. Von jetzt ab, wenn ihr weiterleben wollt, werdet ihr tun, was ich sage. Ihr werdet springen, wenn van Rijn es sagt! Verstanden?«

Er machte eine kurze Pause. Er hörte sein eigenes asthmatisches Stöhnen und das ferne Murmeln des Lagers, schließlich das kalte, feuchte Plätschern, mit dem das Wasser hier über die Felsen glitt, und dann gar nichts mehr.

Keiner sprach ein Wort.

»Darf ich den Erd'ho bitten, das Wort zu ergreifen?« fragte Tolk endlich. Er allein schien nicht aus der Fassung gekommen zu sein.

»Ja, das werde ich. Ich werde euch sagen, warum wir nicht mehr länger hierbleiben können. Sie fragen mich, warum ich die Armee am kurzen Zügel halte und Kapitän Delp nichts in den Weg lege.« Van Rijn zählte an seinen Fingern ab: »Imprimis, wenn wir ihn direkt angreifen, tun wir genau, was er will; wahrscheinlich kann er uns dann vernichten, weil seine Streitkräfte umfangreicher und nicht so hungrig und entmutigt wie die unseren sind. Secundus, er wird nicht gegen Salmenbrok vorrücken, solange wir hier sind, weil er genau weiß, daß er uns hier nicht gewachsen ist. Folglich hatte ich die Möglichkeit, unsere Artillerie auf Vordermann zu bringen. Tertius, ich hoffe, daß wir durch all diese Verzögerungstaktik, während der die Mühlen unermüdlich Kriegsmaterial produzierten, die Mittel zum Sieg in die Hand bekommen.«

»Was?« Der Laut kam aus der Kehle eines der Ratsherren, der in der Aufregung das Protokoll vergessen hatte.

»Ah.« Van Rijn legte einen Finger auf seine mächtige Nase und blinzelte. »Das werden wir gleich sehen. Vielleicht denkt ihr nun, daß — wenn ich auch nur ein armer, alter, müder Mann bin, der eigentlich im Bett liegen und sich an einer guten Zigarre erfreuen sollte — ein polesotechnischer Kaufmann doch jemand ist, dessen Stimme einiges Gewicht hat, nicht? Nun, ich schlage vor, daß wir alle dieses Land hier verlassen und nach Norden fliegen.«

Und nun brach die Hölle los! Es dauerte Minuten, bis sich die Unruhe wieder gelegt hatte.

»Ruhe!« brüllte Trolwen. »Ruhe!« Er schlug mit dem Schweif dröhnend auf die Erde. »Ruhe, meine Herren! Erd'ho, es ist hier verschiedentlich davon gesprochen worden, Lannach ganz zu verlassen — ja, in steigendem Maße sogar, je mehr unsere Leute den Mut verlieren. Wir könnten immer noch Sumpf-Kilnu rechtzeitig erreichen, um die meisten unserer Frauen und Kinder heil über die Zeit der Geburt zu bringen. Aber es würde bedeuten, daß wir unsere Städte, unsere Felder, unsere Wälder, ja alles, was wir hier besitzen, aufgeben, alles, wofür sich unsere Ahnen jahrhundertelang abgemüht haben. Und wenn wir das tun würden, dann würden unsere Nachkommen nach kurzer Zeit Wilde in einem fieberheißen Dschungel werden, und alles wäre vergessen, was einmal Lannach groß gemacht hat. Ich selbst ziehe den Tod in einer Schlacht diesem Schicksal vor.« Er schnaufte tief und stieß dann hervor: »Aber Kilnu ist wenigstens im Süden. Im Norden von Achan aber liegt jetzt noch das Eis.«

»Ganz richtig«, sagte van Rijn.

»Wollen Sie denn, daß wir auf den Gletschern von Dawrnach verhungern und erfrieren? Wir können nicht südlicher als Dawrnach landen, denn in Homenach würden uns die Späher der Flotte überall entdecken. Wenn sie also nicht den letzten Kampf auf dem Archipel kämpfen wollen . . .«

»Nein«, sagte van Rijn. »Wir sollten uns nach Dawrnach schleichen. Wir können uns Nahrung und Brennmaterial für etwa einen Zehntag mitnehmen und die Waffen auch.«

»Nun, das ginge schon. Aber schlagen Sie denn allen Ernstes vor, daß wir die Flotte selbst, die Flöße, aus dem Norden angreifen? Wir kämen aus einer unerwarteten Richtung, aber es wäre genauso hoffnungslos.«

»Den Überraschungsfaktor werden wir für meinen Plan brauchen«, sagte van Rijn. »Ja. Wir dürfen aber der Armee nichts sagen. Einer von ihnen könnte in einem Gefecht gefangengenommen werden, und die Drak'ho könnten ihn zwingen, alles zu verraten. Am besten ist es, wenn ich es nicht einmal Ihnen sage.«

»Genug«, sagte Trolwen. »Erklären Sie Ihren Plan.«

Und viel später . . .

»Das geht nie und nimmer. Oh, technisch ist es vielleicht möglich, aber praktisch ist es unmöglich.«

»Politik!« stöhnte van Rijn. »Was ist nun wieder los?«

»Die Soldaten und die Frauen, ja sogar die Jungen — denn schließlich würde ja unsere ganze Nation nach Dawrnach gehen — müßten erfahren, warum wir das machen. Und doch würde der ganze Plan, wie Sie selbst zugeben, scheitern, wenn auch nur ein einziger in Feindeshand fällt und unter der Folter ausplaudert, was er weiß.«

»Aber er braucht es doch nicht zu wissen«, sagte van Rijn. »Alles, was wir sagen müssen, ist, daß wir uns einige Zeit mit dem Sammeln von Nahrungsmitteln und Brennmaterial befassen, das wir mit auf die Reise nehmen wollen. Und wenn wir dann zusammenpacken und irgendwo anders hinfliegen, dann brauchen wir ihm doch nicht zu sagen, warum wir das tun und wohin die Reise geht«.

»Wir sind keine Drak'honai«, sagte Trolwen ärgerlich. »Wir sind ein freies Volk. Ich habe nicht das Recht, eine so wichtige Entscheidung zu treffen, ohne daß darüber eine Abstimmung stattfindet.«

»Hm . . . vielleicht könnten Sie zu ihnen reden?« Van Rijn zerrte an seinem Schnurrbart. »Halten Sie eine Rede. Überzeugen Sie sie davon, daß sie diesmal auf ihr Recht verzichten müssen, zu wissen, was vorgeht und an jeder Entscheidung teilzuhaben. Bringen Sie sie so weit, daß sie Ihnen ohne Fragen folgen.

»Nein«, sagte Tolk. »Ich bin Spezialist in der Kunst der Überredung, Erd'ho, aber ich kenne die Grenzen dieser Kunst. Jetzt haben wir es nicht mit einer Herde zu tun, sondern mit einem Mob, einer Masse, die friert, hungert und die keine Hoffnung und kein Vertrauen mehr zu ihren Führern hat, die bereit ist, alles aufzugeben — oder sich blind in die Schlacht zu stürzen. Sie haben nicht mehr die Moral, um sich in ein unbekanntes Unternehmen einzulassen.«

»Moral kann man machen«, sagte van Rijn. »Ich will es versuchen.«

»Sie?«

»Ich bin gar kein so schlechter Redner, wenn einmal Not am Mann ist. Lassen Sie mich zu den Leuten reden.«

»Sie . . .« Tolk starrte ihn an. Und dann lachte er laut. »Lassen Sie ihn, Herdenhäuptling. Wir wollen hören, was dieser Erd'ho für Worte findet, die so viel besser sind als die unseren.«

Eine Stunde später saß er auf einer Anhöhe und blickte auf seine Leute hinunter, die wie ein riesiger Schatten unter ihm lagen. Und van Rijns Baß toste wie grollender Donner durch den Nebel . . .

Als er fertig war, hätte er sich zum Kommandeur wählen lassen können, wenn ihm an dem Amt etwas gelegen wäre.

16

Die Insel Dawrnach lag ein gutes Stück jenseits des Archipels, ein paar hundert Kilometer nördlich von Lannach. So schnell auch die Herde flog, wobei ihre Reise nur hin und wieder durch kurze Pausen unterbrochen wurde, dauerte es doch einige Erdtage, bis sie dort ankamen, und das Los der Menschen, die in Tragnetzen mitgeführt wurden, war bestimmt nicht beneidenswert.

Als Wace am Zielort am Strand stand, auf Beinen, die sein Gewicht kaum tragen konnten, fühlte er sich wie im Himmel.

Der Hochsommer hatte auch hier seinen Einzug gehalten, und wenn sie auch noch nicht zu weit im Norden waren, so war die Luft doch kühl. Tolk sagte, daß noch niemand den Versuch gemacht hatte, hier zu wohnen. Die Inseln von Holmenach lenkten einen kühlen Strom des Ozeans ab und leiteten ihn hinauf in das Meer der Eisberge, und diese kalten Wasser umströmten Dawrnach.

Jetzt hatte die Herde, Flügel an Flügel, das Ziel ihrer langen Reise erreicht und ließ sich aus dem Grau des Himmels zu Boden sinken. Schwarzer Sand reichte über die Gletscher hinauf bis zum Krater eines Vulkans. Dünne, hagere Bäume waren über die niedrigeren Hügel verstreut, dazwischen standen hin und wieder vereinzelte Grasbüschel. Ein paar Seevögel strichen über die Packeisfelder, und die versteckte Sonne warf ihr blutrotes Licht auf das kahle Land.

Sandra schauderte. Wace war erschüttert, als ihm zu Bewußtsein kam, wie sehr sie schon abgemagert war. Und jetzt, da sie die letzte Phase ihrer Reise angetreten hatte, wollte sie überhaupt keine Nahrung mehr zu sich nehmen.

Sie wickelte ihre grobe Jacke enger um sich. Der Wind zupfte an ihren hellen Locken. Um sie herum kauerten, gingen und flatterten zehntausend geflügelte verärgerte Drachen. Das Pfeifen und die Kehllaute ihrer unmenschlichen Sprache, das peitschenartige Knallen ihrer Schwingen übertönten das Flüstern und Wimmern des Windes. Sie strich sich mit der Hand wie ein weinendes kleines Kind über die Augen, und da sah Wace, daß ihre schmalen Hände bluteten, wo sie sich am Netz festgehalten hatte, und daß sie vor Müdigkeit schwankte.

Sein Herz krampfte sich zusammen, und er trat einen Schritt auf sie zu. Aber Nicholas van Rijn, fett und schmierig wie er war, war schneller. Er klopfte ihr mit seiner haarigen Pranke auf den Rücken und brüllte fröhlich: »So, verdammt und zugenäht, jetzt sind wir hier, und der Teufel soll mich holen, wenn ich euch nicht bald nach Hause und in ein heißes Bad bringe. Heiliger Dismas, ich kann euch schon drei Kilometer gegen den Wind riechen!«

Lady Sandra Tamarin, Thronerbin des Großherzogtums von

Hermes, lächelte mit leidender Miene. »Ich könnte jetzt etwas Ruhe gebrauchen . . .« flüsterte sie.

Wace sah, wie Trolwen Sandra an einen Ort führte, wo sie schlafen und ein paar Stunden lang die Kälte, die Schmerzen und ihre Einsamkeit vergessen konnte. »Nun?« fragte er. »Was werden Sie tun?«

»Ich muß organisieren, verdammt. Zuerst muß ich sehen, daß Trolwen ein paar Leute einteilt, die Bäume fällen, damit wir Maste und Rahen machen können. Inzwischen muß die ganze Leinwand, die wir mitgebracht haben, zu Segeln verarbeitet werden, dann die Taue, und schließlich müssen wir auch essen und wohnen können. Bah. Alles Details. Ich sollte mich um so etwas nicht kümmern brauchen. Für Details habe ich Leute wie Sie.«

»Ist das Leben denn überhaupt etwas anderes als eine Summe von Details?« fragte Wace scharf.

Van Rijns kleine graue Augen studierten ihn einen Augenblick. »So«, knurrte der Kaufmann dann, »jetzt widersprechen Sie also auch schon, wie? Sie meinen also, weil ich alt und schwach bin und die Strapazen nicht mehr so ertrage wie ein Jüngerer . . . daß ich von Ihrer Arbeit schmarotze? Ich habe jetzt zu wenig Zeit, um Ihnen Vernunft einzubläuen. Vielleicht kommen Sie selbst noch dahinter.« Er schnalzte mit den Fingern. »Und jetzt an die Arbeit!«

Wace ging und verfluchte sich dabei selbst, weil er dem alten Fettsack nicht die Faust in den Magen getrieben hatte. Aber eines Tages würde er das noch tun! Unglücklicherweise hatte sich van Rijn irgendwie in eine Position manövriert, wo die Lannachska zu ihm aufblickten . . . anstatt zu Wace, der die eigentliche Arbeit tat. War das Selbstbemitleidung? Nein.

Zum Beispiel die Schiffe. Van Rijn hatte darauf hingewiesen, daß eine Insel wie Dawrnach, überladen mit Packeis und kalbenden Gletschern, Baumaterial im Überfluß lieferte. Mit ein paar Steinhämmern konnte man in ein paar Stunden ein Schiff aus dem Eis heraushauen, das genauso groß war wie irgendein Floß in der Flotte. Und man konnte es mit der primitivsten Öllampe und einem Blasebalg glätten. Ein einfacher Mast und das Ruder konnten in Löchern befestigt werden, die man dazu aussparte; und gefrierendes Wasser war das beste Bindemittel, das man sich vorstellen konnte. Die ganze Herde, Männer und Frauen, alt und jung, beteiligten sich voll Begeisterung an dem Bau.

Und van Rijn? Worin bestand sein Beitrag? Er hatte nur eine Idee von sich gegeben, offensichtlich in der Meinung, daß Wace über Aladins Wunderlampe verfügte. Oh, zugegeben, es war eine sehr gute Idee gewesen, die von einer ausgezeichneten Vorstellungskraft zeugte, das konnte niemand abstreiten. Aber Vorstellungskraft allein ist billig. Jeder kann sagen: wir brauchen eine neue Waffe und wollen sie aus irgendeinem noch nie dagewesenen Material machen. Aber das bleibt so lange Utopie, bis sich jemand findet, der weiß, wie man die Sache anzupacken hat.

Nachdem van Rijn seinen Ingenieur zur Raison gebracht hatte, ging er umher, scherzte mit ein paar Leuten der Herde, beschimpfte andere. Als er sie schließlich so weit hatte, daß alle arbeiteten, rollte er sich in seine Decke und ging schlafen.

17

Wace stand auf dem Deck und wartete, daß der Feind am Horizont auftauchte.

Langsam griff er in die Tasche an seiner Hüfte. Seine Hand schloß sich um einen Kanten trockenen Brotes und ein Stück Wurst. Es waren die letzten Erdnahrungsmittel, die ihm blieben. Ein paar Erdtage lang hatte er noch weniger gegessen, damit er sich wenigstens vor dieser Schlacht noch einmal satt essen konnte. Und jetzt stellte er plötzlich fest, daß er gar keinen Appetit hatte.

Das Deck aus Eis strömte überraschend wenig Kälte aus. Die warme Luft des Achanmeeres trug die Eiseskälte weg. Er wunderte sich nicht sehr darüber, daß in der ganzen Woche, die sie jetzt seiner Schätzung nach auf der Reise nach dem Süden verbrachten, nicht besonders viel Eis geschmolzen war, denn er kannte die Wärmeleitfähigkeit des Wassers.

Hinter ihm blähte der Nordwind die primitiven Segel, die an Rahen aus grünem Holz und überbeanspruchten Masten hingen. Diese Eisschiffe waren schwerfällig, aber in wesentlich geringerem Maße als die Drak'ho-Flöße. Irgendwie hatte van Rijn es sogar fertiggebracht, die widerstrebenden Lannachska zur Arbeit unter der Wasserlinie zu bewegen, wo sie aus den plumpen Eisschollen einen etwa stromlinienförmigen Kiel machten. Und jetzt zog die Kriegsflotte von Lannach, getrieben von einer steifen Brise, mit der beachtlichen Geschwindigkeit von fünf Knoten durch das Meer von Achan.

Aus der Luft glitt Tolk, der Herold, heran. Er bremste mit ausgebreiteten Flügeln, landete elegant und beugte den Hals schwanenartig zurück, um die Menschen anzusehen.

»Ist hier alles in Ordnung?« fragte er.

»Es geht schon«, sagte van Rijn. »Halten wir immer noch Kurs auf diese verdammte Flotte?«

»Ja, sie ist jetzt nicht mehr viele Buaska entfernt. Nicht weit hinter dem Horizont. Sie werden sie bald sehen. Sie haben Segel und Ruder gleichzeitig eingesetzt und versuchen uns aus dem Wege zu gehen, aber das werden sie nicht schaffen, wenn der Wind sich nicht dreht.«

»Noch keine Anzeichen von der Lannach-Armee?«

»Bis jetzt nicht. Ich kann mir vorstellen, daß der neue Admiral das ganze Gebirge von seinen Kundschaftern nach ihr abkämmen läßt. Aber Lannach ist weit, es wird einige Zeit dauern, bis er sie aufgestöbert hat.«

»Trotzdem«, meinte van Rijn, »müssen wir jeden Augenblick mit ihrem Erscheinen rechnen, und dann geht es uns dreckig.«

»Sind Sie sicher —«

»Ich bin ganz sicher. Und jetzt fliegen Sie wieder zu Trolwen und helfen Sie ihm.«

Tolk nickte und erhob sich in die Lüfte.

Dunkles, purpurfarbenes Wasser kräuselte sich unter dem hohen Himmel, an dem die Wolken wie Berge dahinzogen, von der Sonne in rosiges Licht getaucht. Ein paar Kilometer von ihnen entfernt erhob sich eine kleine Insel steil aus dem Meer, und Wace konnte mit seinem Teleskop die gelben Blüten sehen, die unter niedrigen, blaugrünen Bäumen im Winde nickten. Hoch über ihm zogen ein paar Pfeifer dahin, und ihre schlanken Körper tanzten wie die Banner, die gerade am Himmel entfaltet wurden. Man konnte sich nur schwer vorstellen, daß die schlanken geschnitzten Boote, die so nahe vor ihnen durch die Wellen zogen, Feuer und geschärfte Steine trugen und darauf warteten, ihre Waffen gegen sie einzusetzen.«

»So«, sagte van Rijn, »jetzt geht der Tanz los. Heiliger Dismas steh mir bei.«

»Sankt Georg würde jetzt wohl besser passen, nicht wahr?« meinte Wace.

»Für Sie vielleicht. Ich selbst bin zu alt und zu fett und zu feige, um Michael, Georg oder Olaf oder irgendeinen dieser tapferen Burschen anzurufen. Ich fühle mich bei Heiligen wohler, die nicht so energisch und blutdürstig sind, Leute wie Dismas oder mein eigener Namensheiliger, der den Reisenden beisteht.

»Und auch der Patron der Straßenräuber ist«, bemerkte Wace. Er wünschte, seine Zunge würde nicht so trocken werden.

Die vordere Ballista der Rijstaffel hatte ächzend einen Stein von einer halben Tonne Gewicht auf das nächste Kanu geschleudert. Das Boot brach wie ein dürrer Zweig auseinander, seine Mannschaft flatterte empor, eine Gruppe von Trolwens Luftkämpfern stürzte sich auf sie. Ein paar Augenblicke herrschte Verwirrung in den Lüften, und dann stürzten die Drak'honai erschlagen ins Meer.

Van Rijn packte den erstaunten Ballistaschützen bei den Händen und tanzte singend mit ihm über das Deck.

Ein anderes Kanu kam heran. Wace sah, wie seine Flammenwerfermannschaft an ihren Geräten stand, und warf sich zu Boden, in den Schutz der niedrigen Wand, die das Eisdeck umgab.

Der flammende Strahl traf die Wand, schlug zurück und ergoß sich über das Meer. Gefrorenes Wasser brannte nicht, und um genug davon zu schmelzen, um wirklich Schaden anzurichten, war die Einwirkung zu kurz. Hundert Lannachska-Bogenschützen ließen im Schutz des Schanzwerkes einen Pfeilregen fliegen, der nach kurzer Zeit auf das Kanu niederging.

Wace spähte über die Wand. Der Mann an der Pumpe des Flammenwerfers schien tot zu sein, der Mann am Schlauch war mit einem Pfeil beschäftigt, der die rechte Schwinge durchbohrt hatte. Da auch niemand mehr am Steuer stand und die Mannschaft sich ängstlich im Mitteldeck zusammenscharte, flatterte das Segel im Wind, und das Boot hielt keinen rechten Kurs mehr. »Volldampf voraus!« brüllte er. »Rammt sie!«

Und das Kanu zerbrach unter dem Bug des Lannachska-Schiffes.

Die Drak'ho-Kanus kreisten wie Wölfe um eine Büffelherde, wobei ihnen ihre Geschwindigkeit und größere Wendigkeit zustatten kam. Ein paar stießen zwischen die Eisschiffe vor, um von hinten anzugreifen, andere zogen am Rande der Keilformation vorbei. Die Schlacht war beileibe nicht einseitig, die Pfeile, Katapultgeschosse und Steine, die von den Drak'honai abgefeuert wurden, richteten genug Unheil an.

Aber geflügelte Soldaten mit ein paar Eimern konnten brennende Segel löschen. Während dieser ganzen Kampfphase wurde nur ein einziges Lannachska-Schiff ganz entmastet, und seine Mannschaft gab es einfach auf und verteilte sich auf die anderen Schiffe. So konnten nur die Kämpfenden selbst Feuer fangen, und Soldaten waren immer schon das billigste Kriegsmaterial gewesen.

Ein paar Kanus griffen zusammen ein einzelnes Schiff an und suchten es zu entern. Aber sie wurden überwältigt und zahlten mit schweren Verlusten für diesen Versuch. In der Zwischenzeit kreisten Trolwens Truppen, die die absolute Luftüberlegenheit hatten, ungestraft am Himmel und schossen und schlugen und fügten den Drak'honai schwere Verluste zu.

Die Drak'ho-Kanus konnten den Angriff nicht aufhalten. Sie wurden von ihren unsinkbaren Feinden gerammt, zerbrochen, in Brand gesteckt oder einfach zur Seite geschoben.

Da die Rijn-Staffel die Linien der Feinde als erstes Schiff durchbrochen hatte, traf sie praktisch auf keinen Widerstand mehr. Was sich ihr doch in den Weg stellte, wurde von ihren Katapulten, Ballisten, Feuertöpfen und Pfeilen vernichtet. Hinter ihr lag das Meer, das an manchen Stellen selbst brannte, vor ihr lagen die großen Flöße.

Als die Segel und Banner sichtbar wurden, begannen die Seeleute Waces, den Siegesgesang der Herde anzustimmen.

»Ein bißchen voreilig!« schrie er, um den Lärm zu übertönen.

»Ah«, sagte van Rijn, »lassen wir ihnen doch den Spaß. Bald werden viele von ihnen tot sein und bei den Fischen liegen.«

Die Flotte begann sich zu bewegen. Langsam gaben die Flöße ihren Versuch zu fliehen auf. Ihre Ruder schlugen die See wie Spinnenbeine. Sie sammelten sich in Kriegsformation.

Van Rijn winkte ärgerlich einem Pfeifer zu. »Schnell! Flieg hinauf wie der Blitz und sag Trolwen, er soll sich nicht mehr um die Kanus kümmern, sondern die Flöße angreifen. Ihr müßt sie beschäftigen. Zur Hölle!«

In der Nähe erhob sich bei den Flößen ein wahrer Sturm, als Trolwen seinem Rat Folge leistete. Geflügelte Wesen kämpften Mann gegen Mann.

Van Rijn brachte mit vielem Fluchen und Schimpfen sein schwerfälliges Schiff auf einen anderen Kurs. Als die ersten Flöße nicht mehr weit entfernt waren, konnte man sehen, daß eine Lücke in der

Formation war. Trolwens Eingreifen hatte bisher verhindert, daß sich diese Lücke schloß.

»Dort hinein!« brüllte van Rijn. »Erschlagt sie. Freßt sie auf!«

Ein Katapultgeschoß pfiff über die Wand, riß ein Loch in seinen Ärmel und splitterte das Eis ab, wo es aufprallte. Und dann brachen drei Ströme flüssigen Feuers auf die Rijn-Staffel herein.

Flammenfinger tasteten über das Deck. Ein Lannachska lag schreiend auf dem Boden. Das Feuer kletterte die Segel hinauf. Dieses Mal hatte es keinen Sinn, Wasser darüber zu gießen. Mast und Takelage und Segel waren vom Öl durchtränkt und wurden zu einer riesigen Fackel.

Van Rijn ließ das Steuer los, das er fluchend auf dem richtigen Kurs gehalten hatte, und raste über das Deck. Er glitt aus, bis er an einer Wand anhielt, wo er aufstand und die ewige Verdammnis auf den ganzen Kosmos herunterwünschte. Er hinkte zu den Steuerbordwanten und hieb mit dem Stein auf die Taue ein. »Hier!« brüllte er. »Schnell! Helft mir, ihr Dummköpfe! Schnell, habt ihr denn nur Stroh im Kopf! Schnell, bevor wir abtreiben.«

Wace, der die Mannschaft der Ballista befehligte, die ein naheliegendes Floß beschoß, begriff nicht sofort. Andere waren schneller als er. Sie rasten zu van Rijn und schlugen auch auf die Seile ein. Er selbst nahm eine der Ölbomben und zündete ein Seil am Fuß des brennenden Mastes an.

Das Eis schmolz, und die riesige Fackel, die nun nur mehr von den Wanten gehalten wurde, fiel nach Backbord, da die Steuerbordtaue gekappt waren. Der Mast stürzte auf das Floß, und seine Flammen trieben die wütenden Drak'ho-Krieger zurück, die ihn wegstoßen wollten. Die Takelage des Floßes fing Feuer, das Holz begann zu brennen. Und als das Eisschiff sich vom Gegner löste, wurde das feindliche Schiff zu einem riesigen brüllenden Scheiterhaufen.

Das Eisschiff war jetzt nicht mehr zu steuern, als es, getrieben von der Strömung, immer tiefer in die Flotte hineinglitt. Aber durch die Lücke, die van Rijn erweitert hatte, schob sich der Rest der Lannachska-Fahrzeuge. Die Kriegsflammen tobten zwischen den treibenden Ungeheuern, aber nur Holz brennt, nicht aber Eis.

Durch die immer dichter werdenden Qualmwolken und den Bolzen- und Pfeilbeschuß, der von oben auf sie niederprasselte, schritt Wace über das von Toten und Verletzten übersäte Deck auf die nächste Bombenmannschaft zu. Die Lannachska sangen immer noch ihren Siegesgesang. Sie wollten gerade ein anderes Floß in Brand stecken, das in wenigen Augenblicken auf sie zutreiben würde.

»Nein«, sagte er.

»Was?« Ihr Anführer wandte ihm sein rußiges Gesicht zu. »Aber, Sir, sie werden Flammen auf uns schießen.«

»Das können wir überstehen«, sagte Wace. »Wir haben hinter unseren Wänden genügend Deckung. Ich will dieses Floß nicht verbrennen. Ich möchte es kapern.«

Van Rijn kam vorbei und schwang seine Axt. Er konnte nicht verstanden haben, was Wace sagte, aber er brüllte: »Ja. Das wollte ich auch gerade befehlen. Wir brauchen ein Schiff, das sich noch manövrieren läßt.«

Immer näher trieb die Eisscholle, die das Flaggschiff der Angreifer war, auf das höhere und massivere Floß zu. Feuer, Steine und Pfeile bereitete den Lannachska einen heißen Empfang. Sie ließen ihn über sich ergehen und warteten. Wace schickte einen Pfeifer zu Trolwen, um Verstärkung anzufordern, und eine fliegende Gruppe brachte die Artillerie der Drak'honai mit Pfeilen zum Schweigen.

Trolwen hatte immer noch eine überwältigende zahlenmäßige Überlegenheit. Er konnte den Himmel mit Kämpfern verdunkeln und die Drak'honai auf ihren Decks festhalten, wo sie den Angriff der Seetruppen von Lannach erwarten mußten. Bis jetzt, dachte Wace, hatten die Götter von Diomedes es gut mit ihm gemeint. Das konnte nicht mehr lange so weitergehen.

Er schloß sich der ersten Welle an, die hinübergeflogen war, um auf dem Floß einen Brückenkopf zu erkämpfen. Er sprang von der Eisscholle, klammerte sich an einer Stange fest und kletterte hinauf.

Hatte das Brüllen und Schreien über ihm plötzlich seine Lautstärke verdoppelt?

Eine Hand tappte nach seiner Schulter. Er wirbelte herum und starrte van Rijn in die Augen.

»Uff! Das war eine Kletterpartie! Ich wäre wohl besser unten geblieben. So, mein Junge, jetzt sind wir auf uns selbst gestellt. Tolk hat mir gerade durch Boten mitgeteilt, daß das Expeditionskorps von Drak'ho gesichtet worden ist und angeflattert kommt.«

Wace packte seine Waffe fester. Die schlanken Leiber der Kämpfer drängten ihn voran.

Es waren hauptsächlich Leute, die auch die Schlacht von Mannenach mitgemacht hatten. Auf jedem Eisschiff befand sich eine Anzahl von Leuten, die die Taktik des Bodenkampfes schon kannten. Und während der ganzen Fahrt nach dem Süden hatten van Rijn und die Hauptleute der Lannachska sie ermahnt: »Schließt euch nicht den Lufttruppen an. Bleibt auf den Decks, wenn wir ein Floß entern. Der Plan steht und fällt damit, wieviel Flöße wir kapern oder zerstören können. Trolwen und seine Lufttruppen sind nur dazu da, um euch zu unterstützen.«

Die Gehirne der Diomedaner brauchten lange, um das zu begreifen. Wace war gar nicht so sicher, ob sie es sich im Laufe der nächsten Stunde nicht anders überlegen und ihn und van Rijn auf den feindlichen Planken zurücklassen würden, während sie zu ihren Kameraden in der Luft schwirrten, um in der sinnlosen Luftschlacht mitzukämpfen. Aber er mußte ihnen jetzt einfach vertrauen, er hatte keine andere Wahl.

Er begann zu laufen. Die Schreie, die seine Leute ausstießen, zerrissen ihm fast das Trommelfell.

Vor ihm schlugen Schwingen. Die Front der Drak'honai brach zusammen.

Und dann wurde ihm bewußt, daß das Floß ihm gehörte.

Der Qualm war immer noch so dicht, daß man nicht recht sehen konnte was anderswo vorging. Hin und wieder sah man durch eine Lücke in der Rauchwand ein geborstenes Eisschiff ohne Mast und Segel, das den Kampf noch nicht aufgab. Wace wußte nicht, wie die Schlacht im Ganzen verlief, wie viele Eisschiffe zerstört und von ihren Mannschaften verlassen waren, wie viele dem Gegenangriff der Drak'honai zum Opfer gefallen waren.

Er blickte zum Himmel empor. Jenseits der Kämpfenden lag der Himmel kühl und unberührt da. Die Kriegsformationen, die dort oben wie Mücken tanzten, waren so weit über ihm, daß er Mühe hatte, sie zu erkennen.

Delp hatte seine Kräfte zu einer einzigen unwiderstehlichen Streitmacht formiert und führte sie geschlossen zur Wasseroberfläche herunter. Dort schlossen sie sich den Mannschaften der Flöße an und eroberten eines nach dem anderen zurück. Die Entermannschaften der Lannachska fanden sich plötzlich einer erdrückenden Übermacht gegenüber und hatten keine andere Wahl, als zu fliehen und sich Trolwen hoch oben in den Lüften anzuschließen.

Die Drak'honai machten nur einen einzigen Versuch, ein Floß zurückzuerobern, das sich ganz im Besitz der Lannachska befand. Ihre Verluste belehrten sie eines Besseren. Der klassische Satz, daß Luftstreitkräfte allein gegen eine gut verteidigte Flotteneinheit ziemlich machtlos sind, wurde in seiner Richtigkeit wieder einmal bestätigt.

Als feststand, welche Flöße zurückerobert werden konnten und welche nicht, sammelte Delp seine Truppen und führte einen Teil davon Trolwens verstärkten Luftgeschwadern entgegen. Wenn es ihm gelang, sie zu vertreiben, konnte er die verlorenen Schiffe zurückgewinnen, da er dann neben einer mächtigen Marine totale Luftüberlegenheit hatte.

Aber Trolwen ließ sich nicht vertreiben. Und während unten auf dem Meer gekämpft wurde, ging auch der Kampf in den Lüften weiter.

So war die Lage, wie Tolk sie den Menschen eine Stunde später berichtete. Vom Meer aus konnte man nur sehen, daß die Luftstreitkräfte sich voneinander trennten. Sie kreisten in fernen Höhen, zwei Schwärme von schwarzen Punkten vor rötlich gefärbten Wolkenbänken. Sicherlich flogen Drohungen und Flüche zwischen den beiden Wolken hin und her, aber der Strom der Pfeile war versiegt.

»Was ist denn?« keuchte Angerek. »Was geht dort oben vor?«

»Waffenstillstandsverhandlungen natürlich«, sagte van Rijn. »Sie kamen nicht vorwärts, und so hat schließlich Tolk jemand zu Delp geschickt und gesagt, wir wollen uns doch mal über die Lage unterhalten, und Delp hat zugestimmt.«

»Aber — wir können doch nicht — man kann nicht mit einem Drak'honai verhandeln! Er ist nicht — er ist ein Fremder!«

Ein Knurren der Ablehnung ging durch die müden Reihen der Lannachska.

Van Rijn zwinkerte Wace zu und sagte auf Englisch: »Vielleicht sollten wir ihnen jetzt sagen, daß diese Verhandlungen der einzige Sinn und Zweck unseres Kampfes sind. Aber vielleicht ist es noch zu früh.«

»Ich frage mich, ob wir je wagen dürfen, das zuzugeben«, sagte Wace.

»Wir werden es noch heute zugeben müssen und können nur hoffen, daß man uns dafür nicht mit rotem Pfeffer einreibt.«

19

Etwa ein Zehntel aller Flöße löste sich aus der allgemeinen Verwirrung und sammelte sich ein paar Kilometer weiter draußen. Ihnen schlossen sich die Eisschiffe an, die noch besetzt waren. Alle Decks waren voll von den gespannt wartenden Kriegern. Das waren die Schiffe, die im Besitz der Lannachska waren.

Andere Flöße brannten oder waren von den Steinen der Ballistas so zerschlagen worden, daß sie unter den Wellen des Achanmeeres zusammenbrachen. Das waren die Wracks, die von beiden Nationen aufgegeben worden waren. Unter ihnen befanden sich viele Kanus, zersplittert, zerbrochen, versengt oder nur von toten Drak'honai besetzt.

Der Rest zog sich um die Schiffsburg des Admirals zusammen. Keine Mannschaft war ohne Verluste davongekommen, und eine ganze Anzahl von Schiffen war fast völlig vernichtet. Wenn die Flotte es fertigbrachte, auch nur die Hälfte ihrer normalen Kriegsstärke zu erhalten, hatte sie Glück gehabt.

Trotzdem verfügte sie über insgesamt fast dreimal so viele Schiffe, wie die Lannachska jetzt besaßen. Die Anzahl der Männer auf beiden Seiten war etwa gleich, aber die Drak'honai hatten größeren Laderaum und daher mehr Munition. Jedes einzelne ihrer Schiffe war außerdem besser und solider gebaut als ein Eisschiff und besaß eine stärkere Mannschaft als eines der gekaperten Flöße.

Als Tolk van Rijn in eines der erbeuteten Kanus half, sagte er: »Ich an Ihrer Stelle hätte den Küraß anbehalten, Erd'ho. Sie müssen sich nun wieder beim Einschnüren helfen lassen, wenn der Waffenstillstand zu Ende ist.«

»Ah.« Der Kaufmann dehnte sich, streckte den Bauch wohlgefällig hervor und ließ sich auf eine Bank fallen. »Wollen wir annehmen, daß der Waffenstillstand anhält. Sonst hätte ich dieses blutverschmierte Korsett umsonst getragen. Und das ist schlimmer als ein Bolzen im Bauch. St. Dismas ist mein Zeuge.«

»Ich stelle fest«, sagte Wace, daß weder Sie noch Trolwen eine Rüstung tragen.«

Der Kommandeur strich sich mit einer nervösen Hand über den braunen Pelz. »Das ist wegen der Ehre der Flotte«, murmelte er. »Diese Kerle sollen nicht glauben, daß ich Angst vor ihnen habe.«

Das Kanu stieß ab, und die Mannschaft legte sich in die Riemen. Es huschte schnell über die glatten, dunklen Wogen dahin. Über ihnen flog die Lannachska-Wache. Insgesamt waren es etwa hundert Leute.

»Ich glaube nicht, daß wir Einigung erzielen können«, sagte Trolwen. »Niemand kann das — dazu ist uns ihre ganze Art zu denken fremd.«

»Die Völker der Flotte sind nicht anders als Sie«, sagte van Rijn.

»Genau wie wir?« Trolwen krümmte den Rücken. Seine Augen zogen sich zusammen und wurden ganz gelb. »Erd'ho, ich will Ihnen —«

»Lassen Sie nur«, sagte van Rijn. »Ich habe jetzt zu denken. Halten Sie also den Mund!«

Der Wind kräuselte die Wellen und sang sein Lied in den Seilen der Takelage. Die Sonne schob ihre langen, kupferfarbenen Strahlen in die roten Wolkenbänke. Die Luft war kühl, und es roch nach Salz. Es war nicht leicht, jetzt zu sterben, dachte Wace. Am schlimmsten jedoch war, daß er Sandra allein lassen mußte, die jetzt unter den Eisklippen von Dawrnach lag.

»Abgesehen von meiner persönlichen Meinung oder meinem Gefühl«, sagte Tolk, »muß ich sagen, daß das schon Sinn hat, was der Kommandant meint. Nämlich daß ein Volk, dessen Lebensgewohnheiten so grundverschieden von den unseren sind, auch ganz andere Ansichten als wir haben muß. Ich behaupte nicht, daß ich den Gedanken der Erd'ho folgen kann. Ich betrachte sie als meine Freunde, aber sind wir doch ehrlich, wir haben nur sehr wenig gemeinsam. Ich vertraue ihnen nur, weil ihr augenblickliches Motiv — das Überleben — mir so unmißverständlch bewiesen wurde. Wenn ich auch ihren Argumenten nicht immer ganz folgen kann, so darf ich doch immer annehmen, daß sie sich von guten Absichten, also Absichten, die uns unserem gemeinsamen Ziel näherbringen sollen, leiten lassen.

Nun aber die Drak'honai — warum sollten wir ihnen trauen? Wollen wir einmal annehmen, daß wir mit ihnen einen Friedensvertrag schließen. Woher sollen wir wissen, ob sie ihn halten werden? Vielleicht kennen sie den Begriff der Ehre genauso wenig wie den des sexuellen Anstandes. Aber selbst wenn sie die Absicht haben, ihre Versprechen zu halten, sind wir dann sicher, daß der Wortlaut des Vertrages für sie das gleiche bedeutet wie für uns? In meiner Eigenschaft als Herold habe ich schon viele semantische Mißverständnisse zwischen Stämmen mit verschiedenen Sprachen erlebt. Wie steht es also bei Stämmen mit verschiedenen Instinkten?

Oder ich frage mich — können wir überhaupt uns selbst so weit trauen, daß wir einen solchen Eid halten würden? Wir hassen niemanden nur aus dem Grund, weil er einmal gegen uns gekämpft hat. Aber wir hassen Unehrenhaftigkeit, Perversion und Unsauberkeit. Wie können wir vor uns selbst die Achtung bewahren, wenn wir mit Wesen Frieden schließen, die die Götter verachten müssen?«

Er seufzte und blickte auf die immer näher kommenden Flöße hinaus.

Wace zuckte die Achseln: »Haben Sie sich schon einmal überlegt, daß die Drak'honai vielleicht das gleiche von Ihnen denken?« fragte er.

»Natürlich tun sie das«, sagte Tolk. »Das ist ein weiteres Hindernis für unsere Verhandlungen.«

Persönlich, dachte Wace, wäre ich mit einer kurzen Beilegung der Streitigkeiten zufrieden. Sie sollen sich meinetwegen nur so lange vertragen, wie eine Botschaft nach Thursday Landing braucht. Dann können sie sich meinetwegen wieder die Hälse abschneiden.

Das Kanu glitt zwischen den hochaufragenden Wänden der Flöße dahin. Die Drak'honai blickten eisig von oben hinab. Hin und wieder spuckte einer ins Wasser. Sie waren alle ganz still.

Vor ihnen türmte sich das Flaggschiff mit der Burg des Admirals auf. An den Mastspitzen hingen Banner, und eine Wache in Paradeuniform stand auf dem Hauptdeck. Vor dem Kastell aus Holz wartete Admiral T'heonax, hingebreitet auf Pelzen und Kissen, sowie seine Ratgeber. An seiner Seite stand auch Kapitän Delp mit einer Leibwache. Er trug immer noch den Kriegsharnisch und hatte bisher keine Zeit gefunden, sich den Staub der Reise aus dem Fell zu waschen.

Vollkommene Stille lag über ihnen, als das Kanu anhielt und festmachte. Trolwen, Tolk und die meisten Lannachska-Soldaten flogen direkt aufs Deck. Einige Minuten später, nach vielem Schieben, Keuchen und Fluchen, erreichten auch die Menschen das Hauptdeck.

Van Rijn blickte wütend um sich. »Schöne Gastfreundschaft!« schimpfte er in der Sprache der Drak'honai. »Nicht einmal ein einziges kleines Seil habt ihr für mich, obwohl ich mich so für euch abmühe, daß meine armen alten Knochen wohl ein frühes Grab finden werden. Beim ewigen Himmel, es ist schwer! Es ist schwer! Manchmal überlege ich mir, ob ich es nicht aufgeben und mich zurückziehen soll. Aber was wird dann aus der Galaxis? Dann wird es alle reuen, wenn es zu spät ist.«

T'heonax lächelte ironisch. »Sie haben sich als Gast der Flotte auch nicht besonders gut betragen, Erd'ho«, antwortete er. »Ich habe Ihnen viel zurückzuzahlen. Ja, ich habe Sie nicht vergessen.«

Van Rijn schnaufte über die Planken auf Delp zu und streckte ihm die Rechte entgegen. »Dann hat also unsere Spionage doch recht gehabt, und Sie haben all die Arbeit hier geleistet«, posaunte er. »Ich hätte es mir ja auch nicht anders denken können. Kein anderer Offizier in der ganzen Flotte hat schließlich so viel Verstand wie Sie. Ich, Nicholas van Rijn, spreche Ihnen meine Hochachtung aus.«

T'heonax erstarrte förmlich, und seine Ratsherren waren gebührend erschüttert darüber, wie der Erd'ho ihren Admiral übersah. Delp überlegte einen Augenblick. Dann nahm er van Rijns Hand und drückte sie ganz nach Art der Erdleute.

»Der Polarstern soll mir helfen, ich freue mich, Ihr schurkisches, fettes Gesicht wiederzusehen«, sagte er. »Wissen Sie, daß Sie mich fast meine — mein ein und alles gekostet hätten? Wäre meine Frau nicht . . .«

»Wollen wir doch Geschäft und Freundschaft auseinanderhalten«, sagte van Rijn großmütig. »Ah ja, Ihre gute Rodonis. Wie geht es ihr und den Kleinen? Denken sie immer noch an den guten Onkel Nicholas und die Geschichten, die er ihnen abends immer erzählt hat, wie zum Beispiel . . .«

»Wenn Sie gestatten«, sagte T'heonax mit betont sachlicher Stimme, »würden wir gern mit Ihrer gütigen Genehmigung fortfahren. Wer soll denn übersetzen? Ah ja, ich erinnere mich an Sie, Herold.« Ein böser Blick. »Passen Sie also auf. Sagen Sie Ihrem Führer, daß diese Unterhaltung von meinem Truppenkommandeur, Delp hyr Orikan, veranlaßt wurde, ohne daß er überhaupt einen

Boten zu mir geschickt hat, um meine Genehmigung zu erbitten. Ich hätte sie nie gegeben. Diese Verhandlung ist weder klug noch notwendig. Ich werde das Deck reinigen lassen müssen, wo die Füße von Barbaren standen. Da aber die Flotte durch ihre Ehre gebunden ist — Sie haben doch ein Wort für Ehre in Ihrer Sprache, hoffe ich? —, werde ich mir anhören, was Ihr Führer zu sagen hat.«

Tolk nickte kurz und übersetzte ins Lannachamael. Trolwens Haltung versteifte sich, als er die ersten Worte hörte, und seine Augen brannten. Seine Leibwächter knurrten, und ihre Hände spannten sich um die Waffen. Delp scharrte mit den Füßen, und ein paar Offiziere von T'heonax wandten verlegen die Augen ab.

»Sagen Sie ihm«, sagte Trolwen nach kurzer Überlegung, »daß wir der Flotte freien Abzug aus dem Achanmeer gewähren. Natürlich wollen wir Geiseln haben.«

Tolk dolmetschte. T'heonax lachte. »Da sitzen sie mit ihrer lächerlichen Handvoll Flöße und wagen es, uns das zu sagen.« Seine Höflinge nickten beifällig.

Aber seine Ratgeber, die Kapitäne der einzelnen Flottillen, blieben ernst. Schließlich trat Delp vor und sagte: »Admiral, Sie wissen, daß ich mich an diesem Krieg nach besten Kräften beteiligt habe. Mit diesen Händen, diesen Schwingen und diesem Schweif habe ich viele Männer getötet, mit diesen Zähnen habe ich vom Blut der Feinde gekostet. Und trotzdem sage ich, laßt uns die Lannachska anhören.«

»Was?« T'heonax machte runde Augen. »Ich hoffe, Sie meinen das nicht ernst!«

Van Rijn trat vor. »Ich habe keine Zeit für dieses kindische Gerede«, dröhnte er. »Hören Sie mir zu, ich will es ganz einfach machen, so daß ein Zweijähriger verstehen kann, was ich meine. Wir haben euch in die Enge getrieben, und wenn ihr Zicken macht, dann machen wir Ernst. Schaut doch hinaus!« Sein Arm deutete auf das Meer. »Wir haben Flöße. Vielleicht nicht so viele, aber es genügt. Schließt einen Vertrag mit uns ab, oder wir kämpfen weiter. Bald werdet ihr es sein, die nicht genug Flöße haben. So, jetzt versucht, das in eure dicken Schädel hineinzubekommen.«

Wace nickte. Gut. Wirklich gut. Sie waren bereit, auf sichere Entfernung Schüsse auszutauschen oder Mann gegen Mann in den Lüften zu kämpfen. Sie wagten es aber nicht, die verzweifelten Männer Lannachs an Bord oder sich von ihnen in Brand stecken zu lassen.

Die Schiffe der Drak'honai waren Heim, Fort und Arbeitsstätte in einem — anders wußte diese Kultur nicht zu leben. Wenn man genügend Flöße zerstörte, würde die Kapazität nicht mehr zum Fischfang oder zum Einlagern der Fische ausreichen, ja, sie würden nicht einmal mehr genug Lebensraum haben, um alle ihre Leute unterzubringen. Ganz einfach.

»Wir werden euch versenken!« schrie T'heonax. Er sprang auf und schlug die Schwingen zusammen. Sein Kamm vibrierte, und sein Schweif krümmte sich zu einem Bogen. »Wir werden euch ersäufen!«

»Mag sein«, sagte van Rijn. »Wollen Sie uns damit Angst einjagen? Wenn wir jetzt aufgeben, sind wir sowieso verloren. Also nehmen wir euch mit in die Hölle, damit ihr uns dort die Schuhe putzt und uns bedient.«

Delp meinte mit besorgter Miene: »Wir sind nicht aus Freude an der Zerstörung nach Achan gekommen, sondern weil uns der Hunger dazu getrieben hat. Sie haben uns das Recht verwehrt, Fische zu fangen, die Sie selbst nie gefangen haben. O ja, wir haben auch etwas Land besetzt, aber das Wasser müssen wir haben, das können wir nicht aufgeben.«

Van Rijn zuckte die Schultern. »Es gibt andere Meere. Vielleicht lassen wir euch noch ein paar Netze voll Fische herausholen, bevor ihr abreist.«

Ein Kapitän der Flotte sagte bedächtig: »Lord Delp hat den Kern des Problems erfaßt. So können wir vielleicht zu einer Lösung kommen. Schließlich hat das Achanmeer für die Lannachska wenig oder gar keinen Wert. Wir wollten natürlich eure Küsten mit Garnisonen versehen und ein paar Inseln besetzen, auf denen es Holz und Feuerstein und so weiter gibt. Und natürlich wollten wir einen eigenen Hafen in der Bucht von Sagna, weil wir ihn für Reparaturarbeiten ganz einfach brauchen. Das sind aber Fragen der Verteidigung und nicht Fragen des bloßen Überlebens wie das Problem des Süßwassers. Also könnten wir vielleicht ...«

»Nein!« schrie T'heonax.

Er kreischte es fast. Alle schwiegen verblüfft. Der Admiral kauerte sich nieder, schnaufte ein paarmal tief und knurrte dann Tolk an: »Sagen Sie Ihrem Führer, daß ich ... ich, die letzte Autorität ... mich weigere. Ich sage, daß wir ihre lächerliche Marine mit ganz geringen eigenen Verlusten erdrücken. Wir haben gar keine Veranlassung, Ihnen irgendwelche Zugeständnisse zu machen. Vielleicht erlauben wir Ihnen, die Hochländer von Lannach zu behalten. Aber das ist das größte Zugeständnis, auf das Sie hoffen können.«

»Unmöglich!« sagte der Herold. Dann leierte er für Trolwen die Übersetzung herunter, und dieser krümmte den Rücken und fletschte die Zähne.

»Die Berge können uns nicht ernähren«, erklärte Tolk dann ruhiger. »Wir haben sie jetzt schon kahlgegessen. Das ist gar kein Geheimnis. Wir brauchen das Tiefland. Und wir werden Ihnen ganz bestimmt keine Landbasis geben, von der aus Sie später einen Angriff auf uns vorbereiten können.«

»Wenn Sie glauben, daß Sie uns jetzt vom Meer vertreiben können, ohne dabei selbst vernichtende Verluste zu erleiden, dann können Sie es ja versuchen«, fügte Wace hinzu.

»Ich sage, das können wir«, schrie T'heonax. »Und das werden wir auch!«

»Mylord —« Delp zögerte. Seine Augen schlossen sich eine Sekunde. Dann sagte er ganz leidenschaftslos: »Admiral, ein Entscheidungskampf zu dieser Stunde würde wahrscheinlich das Ende unserer Nation bedeuten. Die wenigen Flöße, die die Schlacht vielleicht überstehen würden, wären eine leichte Beute für Barbaren von den Inseln, wenn sie uns das erstemal angreifen.«

»Und ein Rückzug auf den Ozean wäre sicherlich unser Untergang«, sagte T'heonax. Er deutete auf Delp. »Es sei denn, Sie könnten ein Wunder vollbringen und die Fischgründe aufs offene Meer hinaus verlegen.«

»Das stimmt natürlich, Mylord«, sagte Delp.

Er wandte sich um und suchte Trolwens Blick. Sie sahen sich offen und voll Respekt an.

»Herold«, sagte Delp, »sagen Sie Ihrem Führer folgendes: Wir werden das Achanmeer nicht verlassen. Wenn Sie das von uns verlangen, dann werden wir bis zum letzten Atemzug kämpfen, und wir hoffen, daß wir Sie vernichten können, ohne selbst zu große Verluste dabei zu erleiden. Wir haben keine andere Wahl.

Aber ich glaube, wir können darauf verzichten, Lannach oder Holmenach zu besetzen. Sie können das ganze Festland behalten. Wir können unsere Fische, unser Salz und unsere handwerklichen Erzeugnisse gegen euer Fleisch, eure Steine, euer Holz und euer

Öl eintauschen. Mit der Zeit würden wir beide Gewinn daraus ziehen.«

»Vielleicht denken Sie auch daran«, unterbrach van Rijn, »wenn Drak'ho kein Land und Lannach keine Schiffe hat, dann dürfte es ziemlich schwierig sein, Krieg gegeneinander zu führen. Und nach ein paar Jahren des gegenseitigen Handelns, von dem ihr beide reich werdet, seid ihr so abhängig voneinander geworden, daß Krieg einfach unmöglich ist. Wenn ihr euch also vergleicht, wie es eben vorgeschlagen wurde, dann wird euer Leid bald vorüber sein, und dann kommt Nicholas van Rijn mit Waren von der Erde. Meine Preise sind so niedrig, daß man glauben könnte, der Weihnachtsmann beschenke euch. Was sagt ihr dazu?«

»Ruhe!« brüllte T'heonax.

Er packte den Anführer seiner Leibwache an einem Flügel und deutete auf Delp. »Verhaftet diesen Verräter!«

»Mylord —« Delp trat einen Schritt zurück. Der Leibwächter zögerte. Delps Krieger schlossen sich drohend um ihren Kapitän. Aus den unteren Decks kam ein Murren.

»Der Polarstern soll mein Zeuge sein«, stammelte Delp. »Ich wollte nur einen Vorschlag machen . . . ich weiß, daß der Admiral das letzte Wort hat —«

»Und dieses letzte Wort heißt nein«, erklärte T'heonax und ging stillschweigend über die angedrohte Verhaftung hinweg. »Als Admiral und Orakel verbiete ich das ganz entschieden. Es kann zwischen der Flotte und diesen . . . diesen schmutzigen, gemeinen, ekelhaften Tieren keinen Vertrag geben.« Seine Hände bogen sich zu Klauen.

Ein Murmeln ging durch die Reihen der versammelten Drak'honai. Die Kapitäne lagen wie geflügelte Leoparden da, immer noch in der Hülle ihrer Würde, aber der Schrecken saß in ihren Augen. Die Lannachska, die zwar nicht verstanden, was gesprochen worden war, die aber genau fühlten, welche Stimmung nun heraufbeschworen war, scharten sich zusammen und packten ihre Waffen.

Tolk übersetzte schnell mit leiser Stimme. Als er fertig war, seufzte Trolwen.

»Ich gebe das ungern zu«, sagte er, »aber glauben Sie denn wirklich im Ernst, daß zwei so grundverschiedene Rassen wie die unseren friedlich Seite an Seite leben können? Die Versuchung wäre zu groß, den Eid zu brechen. Sie könnten unser Land verwüsten, während wir auf Wanderschaft sind, und unsere Städte wieder besetzen, oder wir könnten mit barbarischen Bundesgenossen nach Norden zurückkehren, deren Hilfe wir durch das Versprechen der Plünderung von Drak'hos Schätzen erkauft haben. Wir würden uns innerhalb von fünf Jahren bestimmt wieder an der Kehle liegen. Am besten ist, wir entscheiden die Sache gleich jetzt. Mögen die Götter bestimmen, wer recht hat und wessen Moralauffassung wert ist zu leben.«

Er spannte die Muskeln, bereit, kämpfend zu sterben, wenn T'heonax jetzt den Waffenstillstand beendigte.

Van Rijn erhob die Hände und seine Stimme. Sie tönte wie eine Baßtrommel und erfüllte das ganze Floß vom Bug bis zum Heck. Und die Pfeile, die schon auf den Sehnen lagen, wanderten wieder in die Köcher.

»Ruhe! Nur eine Minute, verdammt! Ich bin noch nicht fertig!« Er nickte Delp kurz zu. »Vielleicht finden wir noch ein paar Leute, deren Gehirn noch nicht ganz aufgeweicht ist. Ich werde Ihnen jetzt etwas sagen. Ich werde Drak'ho sprechen. Tolk, bitte übersetzen Sie mit. Was ich jetzt sagen werde, hat noch niemand auf diesem Planeten gehört. Ich sage, daß Drak'ho und Lannachska einander nicht fremd sind. Ihr seid die gleiche dumme Rasse!«

Wace schnaufte erstaunt. »Was?« flüsterte er auf englisch. »Aber die Geburtszyklen —«

»Bringt diesen fetten Wurm um!« schrie T'heonax.

Van Rijn tat das mit einer ungeduldigen Handbewegung ab. »Ruhe jetzt. Jetzt rede ich. So! Setzt euch hin und hört, was euch Nicholas van Rijn zu sagen hat!«

20

Die Entwicklungsgeschichte des intelligenten Lebens auf Diomedes beruht immer noch in erster Linie auf Annahmen. Es war bisher keine Zeit gewesen, Fossilien zu suchen. Aber nach den Grundsätzen der Biologie und nach allgemeinen Prinzipien kann man den Lauf der Dinge, wie er vor Jahrtausenden war, in etwa bestimmen.

In den Tropen des Planeten existierte einmal ein kleiner Kontinent oder eine große Insel mit dichtem Baumbestand. Die Äquatorialgegenden kennen die langen Tage und Nächte der südlicheren und nördlicheren Breiten nicht: dort ist beim Äquinoktium die Sonne sechs Stunden am Himmel und sechs Stunden untergegangen. Bei der Sonnenwende herrscht Zwielicht, und die Sonne ist entweder gerade unter oder gerade über dem Horizont. Nach diomedanischen Begriffen sind das ideale Lebensbedingungen, unter denen reiche Flora und Fauna existieren können. Unter den Gattungen dieser fernen Epoche war auch ein kleiner fleischfressender Baumbewohner mit hellen Augen. Wie das Flughörnchen auf der Erde hatte er eine Membrane entwickelt, mit deren Hilfe er von Ast zu Ast fliegen konnte.

Aber die Struktur eines Planeten mit geringer Dichte ist nicht besonders fest. Die Kontinente heben und senken sich mit größerer Geschwindigkeit, nämlich innerhalb lächerlicher hunderttausend Jahre. Entsprechend werden die Strömungen des Meeres und der Luft abgelenkt, und diese Strömungen führen wegen der großen Achsneigung und der weit umfangreicheren flüssigen Massen mehr Wärme oder Kälte mit sich, als dies auf der Erde der Fall ist. So gab es auch am Äquator ganz radikale klimatische Verschiebungen.

Eine Trockenheit ließ aus den alten Wäldern kleine verstreute Baumbestände werden, die durch eine große Pampas voneinander getrennt waren. Das Flugwesen entwickelte echte Flügel, um von einem Gehölz zum anderen zu fliegen. Und da es ein sehr anpassungsfähiges Wesen war, machte es auch die Grasfresser der Ebenen zu seiner Beute. Um mit diesen großen Huftieren fertig zu werden, mußte es wachsen. Als es dann aber mehr Nahrung brauchte, um den größeren Körper mit Energie zu versorgen, mußte es sich einer Reihe von Umgebungen anpassen und besiedelte so die Küsten, Berge und Sümpfe; da es aber sehr beweglich war, blieb es immer eine Gattung, anstatt sich in neue Untergruppen aufzuspalten. So kam es vor, daß ein Individuum im Laufe seines Lebens viele Arten von Umgebungen kennenlernte und eine gewisse Intelligenz entwickeln mußte.

In diesem Stadium wurde die Gattung (oder vielmehr ein Teil davon, nämlich der Teil, der später wichtig werden sollte) aus ihrer Heimat vertrieben. Vielleicht zerbrach der ursprüngliche Kontinent in mehrere kleine Inseln, die eine so große Bevölkerung nicht mehr am Leben erhalten konnten, oder vielleicht schritt auch der Austrocknungsprozeß weiter voran. Was auch der Grund dafür war, daß die Familien wanderten, während Hunderte von Generationen vergingen.

Sie fanden neue Territorien und ausgezeichnete Jagdmöglichkeiten, aber einen Winter, den sie nicht überleben konnten. Wenn die lange Dunkelheit kam, mußten sie gezwungenermaßen in die Tropen zurückkehren, um dort den Frühling abzuwarten. Es handelte sich hier nicht um die angeborene automatische Reaktion der terrestrischen Vögel. Dieses Tier war nämlich schon viel zu klug, um sich allein von seinen Instinkten leiten zu lassen; seine Gewohnheiten waren vielmehr angelernt. Die brutale natürliche Auswahl der jährlichen Flüge förderte seine Intelligenz noch mehr.

Nun ist der Preis der Intelligenz eine im Verhältnis zur gesamten Lebensspanne sehr lange Kindheit. Da die verschiedenen Reaktionen der Intelligenz nicht wie rein körperliche Attribute auf genetischem Wege übertragen werden, muß jede Generation alles neu lernen, was natürlich einige Zeit dauert. Folglich kann keine Gattung wirklich intelligent werden, wenn nicht sie oder ihre Umgebung ein Mittel findet, durch das die Eltern so lange beisammengehalten werden, bis das Kind ihres Schutzes nicht mehr bedarf. Die Mutterliebe allein genügt nicht. Die Mutter hat schon genug damit zu tun, die neugierigen Kleinen zu beaufsichtigen, damit ihnen kein Unglück passiert, und kann sich nicht auch noch um das Nahrungssammeln kümmern. Der Vater muß mithelfen. Aber wodurch kann man den Vater dazu bewegen, bei seinen Kindern zu bleiben, wenn sein Geschlechtstrieb einmal befriedigt ist?

Eine Möglichkeit wäre der Instinkt. So besorgen zum Beispiel bei manchen Vogelrassen beide Eltern die Aufzucht der Kleinen. Aber so weitgehende instinktive Reaktionen lassen sich mit ihrer Intelligenz nicht vereinbaren. Der Vater muß einen guten Grund dazu haben, zu bleiben, wenn er klug genug ist, Gründe zu haben.

Beim Menschen liegt der Fall ganz einfach: die dauernde Sexualität trägt dafür Sorge. Der Mensch ist zu keiner Zeit des Jahres sexuell indifferent. Folglich gibt es Familien, und folglich haben die Kinder die Möglichkeit, längere Zeit unreif zu bleiben, und aus diesem Grund nennen wir einen Verstand unser eigen.

Bei den Diomedanern gab es die Wanderungen. Jede Herde mußte jedes Jahr eine lange und mühselige Reise hinter sich bringen. Dies ließ sich am besten durch eine Art von Organisation erledigen. Am Ende der Reise, in den Tropen, kam das Vergessen, die Brunstzeit, aber bald kam wieder der unvermeidliche Zug nach

Hause, denn die Inseln des Äquators konnten so viele Besucher nicht lange am Leben erhalten.

Aus diesen primitiven jährlichen Gruppen, die sich so bildeten (denn es handelte sich nicht um blinde Instinkte, sondern um die Frucht der Erfahrung, wie sie nur ein begabtes Tier genießen konnte, entwickelten sich lockere Verbindungen. Bande der Verteidigung wurden zu Banden der Zusammenarbeit. Schon hatten die Erfordernisse der Reise den männlichen und weiblichen Körper jeweils für seinen besonderen Zweck ausgebildet, den einen zum Kämpfen, den anderen zum Tragen von Lasten.

So erwies es sich langsam als zweckmäßig, daß die Geschlechter ihre Partnerschaft das ganze Jahr hindurch beibehielten.

Das Tier mit Familie (auf Diomedes eine ziemlich große Familie, ein ganzer mutterseitiger Clan), mit langer Trächtigkeit, langer Kindheit, dem dauernden Wechsel der Umgebung — dieses Tier hatte jeden Grund dazu, das Denken zu beginnen. Daraus entwickelten sich Sprache, Werkzeuge, Feuer, organisierte Nationen und dieses schwerbestimmbare Etwas, das wir Kultur nennen.

Wenn nun auch der Diomedaner keine angeborene Verhaltensweise besaß, bemühte er sich doch überall, bestimmten Lebensarten zu folgen. Das ist für alle Teile am einfachsten. Auch beim Menschen zwingt nicht der Instinkt dazu, die sexuelle Gemeinschaft als Heirat zu formalisieren, aber trotzdem haben die menschlichen Gesellschaften das fast immer getan. Es ist für alle Beteiligten einfacher und bequemer. Und so wanderten die Diomedaner in ihrer Brunstzeit nach Süden.

Aber das mußten sie nicht tun!

Wenn Brutzyklen existieren, werden sie meist von einem sehr einfachen Mechanismus gesteuert. So ist es bei vielen Vögeln auf der Erde der länger werdende Tag im Frühjahr; der optische Impuls löst Hormonprozesse aus. Auf Diomedes würde das nicht funktionieren, der Lichtzyklus variiert zu sehr mit der geographischen Breite. Aber sobald sich die Diomedaner in den ersten Jahren ihrer Intelligenz einmal die Wanderungen angewöhnt hatten (und folglich nur zu einer bestimmten Jahreszeit Kinder bekommen konnten, wenn diese überleben sollten), ging die Entwicklung den ganz natürlichen Weg und machte diese Wanderungen selbst zum Steuerorgan.

Da der Diomedaner gewöhnlich Jäger war, der hin und wieder

auch wilde Nüsse und Beeren zu sich nahm, arbeitete er nicht regelmäßig, sondern stoßweise. Die Wanderungen verlangten besondere Anstrengungen. Es hatte sicherlich Hunderte oder sogar Tausende von Generationen gedauert, bis die Flugmuskeln sich entwickelten. Durch diese Anstrengung wurden gewisse Hormone abgesondert, und dadurch erwachte der Geschlechtstrieb. (Eine Ausnahme war die stillende Frau, deren Milchdrüsen ein Hormon aussonderten, das dieser anderen Hormontätigkeit entgegenwirkte.) Während des langen Fluges wuchs die Konzentration der Geschlechtshormone, aber da während des Fluges keine Zeit war, holten die Diomedaner erst in den Tropen das Versäumte nach, und zwar so gründlich, daß der Rückflug auf ihre erschöpften Drüsen praktisch keinen Einfluß mehr hatte.

Hin und wieder mochte auch in der Heimat ein Gefühl gegenüber dem anderen Geschlecht erwachen, aber das wurde einfach unterdrückt, genauso, wie das ja auch beim Menschen manchmal geschehen muß, nur aus einem praktischeren Grund: ein Junges, das außerhalb der Zeit geboren wurde, bedeutete den sicheren Tod während der Wanderung für Mutter und Kind. Nicht daß der durchschnittliche Diomedaner das so deutlich erkannte, er akzeptierte nur das Tabu und begründete Religionen, ethische Systeme und Neurosen darauf. Zweifellos war jedoch die das ganze Jahr hindurch bestehende Anziehung zum anderen Geschlecht einer der unbewußten Gründe, die zu den Clans geführt hatten.

Wenn der wandernde Diomedaner einen Stamm fand, der dieses für ihn grundlegende Moralgesetz nicht einhielt, empfand er physischen Schrecken.

Drak'hos Flotte war eine von mehreren, die jetzt von Händlern entdeckt worden sind. Vielleicht entstand ihre Gruppe am Äquator und hatte nicht die Notwendigkeit, zu reisen, aber das steht noch nicht mit Bestimmtheit fest. Tatsache ist jedenfalls, daß sie mehr von den Früchten des Meeres als von denen des Landes zu leben begannen. Während vieler Jahrhunderte entwickelten sie Schiffe und Fischereiwerkzeug, bis das ihr ganzer Lebensinhalt wurde.

Es war sicherer als das Jagen. Es gab ihnen eine Heimat, wo man immer wohnen konnte, es gab ihnen die Möglichkeit, komplizierte Maschinen zu bauen, Bibliotheken anzulegen, nachzudenken, sich über ein Problem zu unterhalten, kurz, die Freiheit, sich eine echte

Zivilisation aufzubauen, wie sie kein Wanderer je mehr als in beschränktestem Maße gekannt hat. Auf der anderen Seite bedeutete es Sklavenarbeit und aristokratische Herrschaft.

Durch die ewige Arbeit blieben die Matrosen in einem Zustand dauernder sexueller Erregung, und die Vorräte der Flotte hatten die Zeit der Geburt von den Jahreszeiten unabhängig gemacht. So entwickelte sich bei den seefahrenden Völkern eine sehr menschlich anmutende Art der Ehe und Kindererziehung, ja sogar der Begriff der romantischen Liebe.

Die Wanderer hielten die Seeleute für moralisch verkommen, diese wiederum die Wanderer für Schweine. So konnte sich keine der beiden Kulturen vorstellen, daß sie trotzdem der gleichen Spezies angehörten.

Und wie soll man jemand trauen, der einem völlig fremd ist?

21

»Und aus solchen ideologischen Kurzschlüssen entstehen die schlimmsten Kriege«, schloß van Rijn. »Aber mit Ideologie habe ich jetzt wohl aufgeräumt, und wir können uns nun damit begnügen, uns freundschaftlich und vernünftig gegenseitig zu beschwindeln.«

Er hatte natürlich seine Hypothese nicht so detailliert erklärt. Lannachs Philosophen hatten einige Ahnung von der Entwicklungslehre und waren in der Astronomie ziemlich schwach, bei Drak'hos Wissenschaft war es umgekehrt. Van Rijn hatte sich damit begnügt, mit einfachen Worten die einzig vernünftige Erklärung der Unterschiede in den beiden Fortpflanzungssystemen darzulegen.

Er rieb sich die Hände und meinte in dem verblüfften Schweigen: »So! Ich habe kein Blatt vor den Mund genommen. Ihr werdet noch lange Zeit voneinander glauben, daß das, was der andere tut, ekelhaft ist. Aber ihr wißt wenigstens, daß ihr Angehörige der gleichen Rasse seid. Vielleicht, wenn sich die Zeiten ändern, werden manche finden, daß der *modus vivendi* der anderen auch seine Vorteile hat. Warum wollt ihr nicht ein wenig experimentieren? Nein, nein, ich sehe schon, das ist noch zu früh jetzt. Ich werde nichts mehr davon sagen.«

Er verschränkte die Arme und wartete.

Schließlich sagte Delp so langsam und so leise, daß er das angespannte Schweigen damit nicht brechen konnte: »Ja. Das glaube ich, das hat Sinn.«

Und nach einer weiteren Minute beugte er den Kopf vor T'heonax, der wie eine Statue dastand. »Mylord, das sollte doch die Situation ändern, denke ich. Es ist nicht so, wie wir erhofft haben, aber besser, als ich befürchtete. Ich glaube, wir können uns einigen: sie sollen das ganze Land und wir das ganze Achanmeer haben. Jetzt, da ich weiß, daß sie . . . keine Teufel . . . keine Tiere sind . . . denke ich, daß man mit den normalen Garantien, wie Geiseln, Eiden und so weiter den Vertrag genug untermauern kann.«

Tolk hatte Trolwen etwas ins Ohr geflüstert. Der Kommandeur von Lannach nickte. »Das habe ich mir auch gedacht«, sagte er.

»Können wir den Rat und die Clans überzeugen, Herdenhäuptling?« murmelte Tolk.

»Herold, wenn wir einen ehrenhaften Frieden mitbringen, wird man unsere Geister zu Göttern erheben, wenn wir einmal tot sind.«

Tolks Blick wanderte zu T'heonax, der regungslos zwischen seinen Höflingen lag.

»Zuerst aber wollen wir lebend zum Rat zurückkehren, Herdenhäuptling«, sagte er.

T'heonax erhob sich. Seine Schwingen klatschten wie eine Axt, die in einen Baum schlägt. Seine Schnauze sah wie die Maske eines Löwen aus, und seine langen Zähne glänzten feucht. Er brüllte. »Nein! Jetzt reicht es mir aber. Mit dieser Farce ist jetzt Schluß!«

Trolwen und die übrigen Lannachska brauchten keinen Dolmetscher. Sie packten ihre Waffen und schlossen sich zu einem Kreis zusammen. Ihre Kiefer klappten zusammen.

»Mylord!« Delp sprang auf.

»Ruhe!« kreischte T'heonax. »Sie haben schon zuviel gesagt.«

Sein Kopf blickte von einem zum anderen. »Kapitäne der Flotte, Sie haben gehört, wie Delp hyr Orikan für einen Frieden mit Kreaturen plädiert, die noch unter den Tieren stehen. Merken Sie es sich gut!«

»Aber, Mylord —« Ein älterer Offizier stand auf und hob die Hände im Protest — »Mylord, Admiral, man hat uns doch gerade bewiesen, daß es keine Tiere sind . . . nur eine andere —«

»Vorausgesetzt, daß der Erd'ho die Wahrheit gesprochen hat, was nicht unbedingt feststeht, was ist dann?« T'heonax sah van

Rijn höhnisch an. »Das macht die Sache nur noch schlimmer. Tiere können nichts dafür, daß sie Tiere sind. Aber diese Lannach'honai sind aus eigener Wahl so schmutzig. Und Sie wollen sie am Leben lassen? Mit ihnen . . . mit ihnen Handel treiben . . . ihre Städte betreten . . . und vielleicht sogar noch unsere Jungen zu ihren Orgien verführen lassen — Nein!«

Die Kapitäne sahen sich an. Nur Delp schien den Mut zu haben, noch einmal zu sprechen.

»Admiral, ich bitte Sie untertänig, zu überlegen, daß wir gar keine Wahl haben. Wenn wir bis zum Ende kämpfen, kann das leicht unser eigenes Ende werden.«

»Lächerlich!« keuchte T'heonax. »Entweder haben Sie Angst, oder man hat Sie bestochen.«

Und das, dachte Wace, ist das Ende der Welt. Ich werde also unter den Steinen der Ballista sterben müssen, und Sandra wird im Gletscherland verhungern. Nun — wir haben alles versucht.

Seine Muskeln spannten sich. Vielleicht würde der Admiral der Delegation den freien Abzug verweigern.

Delp sah sich um. »Kapitäne der Flotte!« rief er. »Ich bitte um Ihre Meinung. Ich bitte Sie, überzeugen Sie den Admiral, daß —«

»Das nächste verräterische Wort, das einer spricht, wird den Betreffenden seine Schwingen kosten«, schrie T'heonax. »Oder bin ich hier nicht mehr der Befehlshaber?«

Das Schweigen wurde immer dichter.

Und dann unterbrach es Nicholas van Rijn mit einem Brüllen.

Die ganze Versammlung zuckte zusammen. T'heonax sprang zurück. Einen Augenblick erinnerte er an einen Kater mit Fledermausflügeln.

»Was war das?« funkelte er ihn an.

»Sind Sie taub?« antwortete van Rijn sanft. »Ich sagte —« Und er wiederholte es.

»Was meinen Sie damit?«

»Das ist ein Ausdruck von der Erde«, sagte van Rijn. »Es läßt sich schlecht übersetzen, aber . . . warten Sie, nun, es heißt, daß Sie ein —« Und der Rest war die schmutzigste Beleidigung, die Wace in seinem ganzen Leben gehört hatte.

Die Kapitäne keuchten. Ein paar zogen ihre Waffen, die Drak'ho-Wächter auf den oberen Decks packten ihre Bogen und Speere.

»Bringt ihn um!« brüllte T'heonax.

»Ich habe noch etwas zu sagen«, fuhr van Rijn mit der Stimme eines Nebelhorns fort. »Ich spreche zu der ganzen Flotte und frage, warum dieser Windbeutel sich so aufführt. Er verlangt, daß ihr einen Krieg führt, bei dem beide Seiten verlieren. Er zwingt euch, euer Leben aufs Spiel zu setzen, eure Frauen, eure Kinder, ja vielleicht die Existenz der ganzen Flotte. Und warum? Weil er Angst hat! Er weiß, daß nach ein paar Jahren, die ihr Seite an Seite mit den Lannachska lebt und darüber hinaus im Handel mit meiner Gesellschaft, daß sich dann die Dinge ändern. Ihr werdet mehr und mehr selbständig denken. Ihr schmeckt die Freiheit, wie sie sein kann. Und so verliert er Stück für Stück seiner Macht. Und er ist ein zu großer Feigling, um auf sich selbst gestellt leben zu können. Er braucht Wächter und Sklaven und euch alle, damit er regieren kann, damit er sich selbst beweisen kann, daß er nicht nur ein kleiner Habenichts, sondern ein großer Führer ist. Lieber will er die ganze Flotte vernichten lassen, ja selbst den Tod finden, als auf die Kulisse zu verzichten.«

T'heonax sagte zitternd: »Macht, daß ihr von meinem Floß verschwindet, bevor ich vergesse, daß wir Waffenstillstand haben!«

»Oh, ich gehe, ich gehe schon«, sagte van Rijn. Er trat auf den Admiral zu. Das Deck zitterte unter seinem schweren Schritt. »Ich gehe und kämpfe weiter, wenn Sie darauf bestehen. Nur eine kleine Frage möchte ich vorher noch stellen.« Er blieb vor T'heonax stehen und deutete mit seinem haarigen Zeigefinger auf die königliche Nase. »Warum machen Sie ein solches Getue um das Familienleben der Lannachska? Möchten Sie es vielleicht einmal selbst ausprobieren?« Und dann wandte er ihm den Rücken und verbeugte sich tief.

Wace sah nicht genau, was geschah. Es standen Wächter und Kapitäne dazwischen. Er hörte nur ein Kreischen, einen brüllenden Aufschrei van Rijns, und dann umgab ihn ein wahrer Hurrikan von Flügeln.

Er warf sich in das Gewühl. Ein Schweif krachte gegen seine Rippen. Er spürte es kaum; er schlug mit beiden Fäusten um sich, trieb die Krieger auseinander, wollte sehen —

Nicholas van Rijn stand mit beiden Händen hocherhoben da und ein gutes Dutzend Speere bedrohten ihn. »Der Admiral hat mich gebissen!« schrie er. »Ich komme als Botschafter hierher, und das Schwein beißt mich! Was sollen das für internationale Beziehungen sein, wenn ein Staatschef einen fremden Gesandten beißt? Beißt vielleicht ein Erdpräsident Diplomaten? Das ist unzivilisiert.«

T'heonax trat zurück und spuckte Blut. »Hinaus!« schrie er. »Sofort!«

Van Rijn nickte. »Kommt, Freunde«, sagte er. »Die Wilden haben keine Manieren.«

»Freier — Freier, wo hat er —« Wace schob sich näher.

»Egal wo«, sagte van Rijn böse.

Trolwen und Tolk traten zu ihnen. Die Lannachska-Eskorte kam dahinter. Sie schritten gemessenen Schrittes über das Deck.

»Sie hätten das wissen müssen«, sagte Wace. Er fühlte sich erschöpft, ausgepumpt, und empfand nichts als Wut über die unbegreifliche Dummheit seines Chefs. »Diese Rasse besteht aus Fleischfressern. Haben Sie denn nicht gesehen, wie sie schnappen, wenn sie sich ärgern? Das ist . . . ein Reflex — Sie hätten es wissen müssen!«

»Nun«, sagte van Rijn mit tugendhafter Stimme und hielt sich seine Verletzung mit beiden Händen, »er hätte ja nicht beißen *müssen*. Ich bin nicht dafür verantwortlich, wenn er sich nicht beherrschen kann, und auch nicht, wenn das Konsequenzen hat.«

»Aber das Durcheinander — wir hätten alle ums Leben kommen können!«

Van Rijn machte sich gar nicht erst die Mühe, etwas darauf zu sagen.

Sie waren fast bei ihrer eigenen Flotte angekommen, als Wace sah, wie sich eine Wolke von Flügeln vom königlichen Floß erhob. Er schluckte. »Hat der Angriff . . . geht es denn schon los?« Er ärgerte sich darüber, daß seine Stimme sich dabei überschlug.

»Nun, ich bin froh, daß wir nicht mehr so nahe dran sind.« Van Rijn, der während der ganzen Fahrt gestanden hatte, nickte selbstgefällig. »Aber ich glaube nicht, daß das schon Krieg bedeutet. Ich glaube, sie sind nur etwas verstört. Bald wird Delp das Kommando übernehmen und sie beruhigen.«

»Aber — Delp?«

Van Rijn zuckte die Achseln. »Wenn die Proteine auf Diomedes für uns tödlich sind«, sagte er, »dann sind die unseren für die Diomedaner auch nicht gut. Und unser Freund T'heonax hat sich einen ziemlich großen Bissen von mir geschnappt. Das zeigt nur, wie ein hitziges Gemüt einem schaden kann. Am besten folgen Sie meinem

Beispiel. Wenn man mich angreift, halte ich die andere Backe hin.«

22

In Thursday Landing gab es nur wenige Einrichtungen zur Krankenpflege; ein Autodiagnosisgerät, ein paar chirurgische und therapeutische Roboter, die üblichen Drogen und den Xenobiologen der Station als betreuenden Arzt. Aber eine Fastenzeit von sechs Wochen hatte keine ernsthaften Folgen, wenn man eine kräftige Konstitution hatte. Die Behandlung machte schnelle Fortschritte, wobei man sich aller Errungenschaften der modernen Medizin bediente. Am sechsten Diomedes-Tag hatte Wace schon wieder recht beachtlich Fleisch angesetzt und strich nun ungeduldig, wenn auch geschwächt, in seinem Zimmer umher.

»Zigarette, Sir?« fragte der junge Benegal. Er war auf Außendienst gewesen und hatte erst jetzt erfahren, was vorgefallen war. Er bot mit respektvoller Miene Zigaretten an.

Wace blieb stehen. Er griff nach dem Etui, zögerte, lächelte dann und sagte: »In dieser ganzen Zeit ohne Tabak habe ich mir das Rauchen, glaube ich, ganz abgewöhnt. Die Frage ist nun, ob ich mir die Mühe und die Kosten machen sollte, es mir wieder anzugewöhnen?«

»Nun, Sir, ich denke nicht —«

»Verdrücken Sie sich«, sagte Wace. »Van Rijn kommt.«

Er stand auf, als der junge Mann zur Hintertür hinausging. Van Rijn kam durch die Tür herein.

»Sie sind also wieder auf! Guter Junge! Ich habe gerade den Ingenieur der Station halb erschlagen und ihm gesagt, daß mein Schiff bis morgen mittag fertig zu sein hat. Wenn nicht, dann spanne ich ihn selbst davor. Sie werden also mit zur Erde fliegen?«

Wace gab nicht sofort Antwort. Sandra war van Rijn in sein Zimmer gefolgt.

»Mylady«, flüsterte er.

»Oh, sie kommt auch mit«, sagte van Rijn und nahm sich einen Apfel aus der Obstschale auf Waces Nachttisch. »Wir werden unsere unterbrochene Reise fortsetzen, wenn es vielleicht auch nicht so viel Spaß und Vergnügen an Bord geben wird.« Er blinzelte ihr zu und meinte: »Die heben wir uns für später auf, wenn wir wieder ganz normal sind, ha?«

»Wenn Mylady stark genug ist, um zu reisen?« meinte Wace schwerfällig. Er mußte sich setzen, seine Knie trugen ihn nicht mehr.

»O ja«, murmelte sie. »Ich brauche nur meine Diätvorschrift zu befolgen und viel zu ruhen.«

»Das Schlimmste, was Sie tun können«, polterte van Rijn und warf den Apfelrest in eine Ecke. Er griff nach einer Orange.

»Das geht doch nicht«, protestierte Wace. »Wir haben so viele Leute verloren, als das Beiboot abstürzte. Sie würde nur —«

». . . eine einzige Zofe zu meiner Bedienung haben.« Sandras Lachen klang gequält, zeigte aber doch, daß sie sich amüsierte. »Nach all unseren Erlebnissen sollte ich vergessen, was wir getan und was wir ausgehalten haben? Das wäre albern, wo wir doch zusammen den Berg bei Salmenbrok bestiegen haben . . .